集英社オレンジ文庫

キャスター探偵

金曜23時20分の男

愁堂れな

本書は書き下ろしです。

キャスター探偵

金曜23時20分の男

CONTENTS

イラスト／梨　とりこ

キャスター探偵　金曜23時20分の男

1

机の上に置いていたスマホのアラームがバイブ音と共に鳴り響く。

今、ちょうど筆が乗っている——といっても実際はキーボードを叩《たた》いているのだが——ところではあるが、仕方がない、と、僕はデスクの前を離れ、リビングへと向かった。

八十五インチという巨大画面のテレビをつけ、ソファに腰を下ろす。

百万円以上したというこのテレビで観《み》る映画は、映画館には勿論《もちろん》劣《おと》るが充分迫力がある。

何事にも凝《こ》る『彼』がホームシアターにしているため、尚更だ。

しかし僕がこれから観るのは映画ではなかった。

毎週金曜日、二十三時二十分。

画面にいつもの番組のロゴが浮かび上がり、続いて『彼』が映る。

『こんばんは。イブニング・スクープの時間です。金曜日はわたくし、愛優一郎《あいゆういちろう》と共に、今日起こったニュースのあれこれを振り返って参りましょう』

八十五インチの大画面で観ても、アラなど少しも探せない。イケメン、なんて言葉で表現するのは勿体《もったい》ないくらいの完璧な美貌《びぼう》を誇るその顔に、今、どのくらいの数の奥様がテレビの前でうっとりしていることだろう。

『イブニング・スクープ』は月曜日から金曜日の、二十三時二十分から午前零時四十分までの時間、キー局のNテレビにて放映されているニュース番組なのだが、金曜日だけが深夜近いこの時間帯にもかかわらず毎回二十パーセント超の視聴率を稼ぎ出しているという。

理由は当然ながらこの男だ、と画面を見つめる僕のその目の前で、他の曜日に十パーセント以上差をつけているニュースキャスター、愛は実に爽《さわ》やかな笑みを浮かべ、今日の番組の概要《がいよう》について説明を始めていた。

『今日の主なニュースのあと、先週この時間にお伝えした、SNSを使っての組織的な結婚詐欺《さぎ》グループが、その報道を機に一斉摘発《てきはつ》されたことについて、詳細をお知らせしたいと思います』

ああ、しまった。ライトを浴びるとオレンジ色は薄くなり、黄色っぽくなってしまうのか。白いシャツにあのネクタイだと、ちょっと印象がボケてしまったな。

今度から気をつけよう。あとは、まあ、いつもどおり、容姿的には完璧だ。よしよし、と頷《うなず》いてしまったのは、彼の服のコーディネートを僕が担当しているからだった。

『金曜二十三時二十分の男』『奥様のアイドル』の異名をとるニュースキャスター、愛優一郎と僕、竹之内誠人《たけのうちまこと》の関係は、今は彼の個人事務所で働くいわば社長と従業員であるのだが、もともとは高校・大学を共に通った同級生だった。

『愛』という名字を多くの人は彼の芸名だと思っているが、実は本名である。もっとも僕も高一のとき、彼と出会うまで世の中に『愛』という名字が存在することを知らなかった。

入学式のあと、くじ引きによる一回目の席替えで、愛と僕は隣の席になった。女子が男子より二名少なかったから男同士で並ぶことになったのだが、クラスの中で同性での並びは自分たちだけで、我が身の不運を僕は嘆《なげ》いた。

「ゴメンね。隣が僕で」

とはいえ、そう言い、苦笑してみせた愛に対しては、思うところはまったくなかった。

そして『不運』というのは、女子の隣に座れなかったことでも勿論ない。

ただ、彼の隣の席を狙っていた女子たちの視線のキツさに、辟易《へきえき》とした、というだけだ。

直接『席を替わってほしい』と言ってきたのは三名だったが、おそらくクラスの女子全員がその願いを抱いていたに違いない。

それだけ、クラス内での愛の存在は際立っていた。

高校一年のときにもう、身長百七十センチは軽く超していた。因《ちな》みに大学に入る頃には百八十センチを超すことになる。

均整がとれている、というんだろうか。八頭身だか九頭身だか、と思えるくらいにスタイルがよく足が長い。

顔はもう、『いい』としか言いようがなかった。きりりとした眉、くっきりとした二重《ふたえ》の瞳は少し垂れ目がちで、心持ち色白の肌や濃く長い睫《まつげ》とあわせ、外国人のような印象を与えている。

すっと通った鼻筋、厚すぎず薄すぎない唇、綺麗《きれい》な歯並び、と、モデルや俳優にもここまで整った顔立ちの男子はいまい、というその姿は、入学式が行われた体育館内でも目立ちまくっていた。

入学式のあとのクラスでの自己紹介の際、『愛』という名字では五十音順でトップバッターになる可能性は高かったであろう彼の自己紹介に、クラスの女子は勿論、男子までもが目を奪われ、耳も奪われてしまったものだった。

「はじめまして。愛優一郎です。父の仕事の都合で、中学三年間はロンドンとニューヨークにいました。日本で生活するのは三年ぶりなので、トンチンカンなことを言うかもしれませんが、温かな目で見てもらえると嬉《うれ》しいです」

微笑《ほほえ》みに見惚《みと》れ、爽やかな口調に聴き惚《ほ》れる。また、彼の声がよかった。今より少しハイトーンではあったが、『甘い』としか表現し得ない美声である。

加えて帰国子女。ロンドンとニューヨークなので英語もペラペラである。

見た目も中身も王子様キャラの愛が、クラスだけでなく学年の――否《いな》、学年を超えた全校生徒の憧れの的になるのは時間の問題だった。

皆の『憧れの的』だったことに原因があるのか、それとももともと『博愛主義者』であるのか、愛は誰に対しても態度が変わることなく、常に親しみのこもった対応をしていた。

誰とでも仲が良かったので、僕も席が隣のときにはよく話をしたが、二学期の席替えで席が離れると、言葉を掛け合う機会も激減した。

その後は、特に親しいわけでも親しくないわけでもなく、愛からしてみたら『その他大勢』の中に埋没《まいぼつ》した。同じ大学に進学はしたものの、大学でもまた愛は皆の『憧れの的』で、やはり僕は『その他大勢』だったのだが、あることをきっかけに、今や一日のうち、ほぼ睡眠時間以外を彼と共に過ごす、といった仲となった。

人生というのは面白いものだ、と感慨《かんがい》に浸っているうちに、番組は終わりを迎えつつあった。

『そろそろお別れの時間です。来週は今日お伝えした神戸《こうべ》の事件を掘り下げようと思っています。それでは皆さん、よい週末を』

実に爽やかに微笑み、頭を下げる。

今頃、全国ではかなりの数の奥様がテレビの画面を前に溜め息を漏らしているに違いない。噂《うわさ》によると番組が終わった瞬間から、来週まで愛に会えないことを憂《うれ》う『愛キャスターロス』という現象が起こっているらしい。

愛はこのあとスタッフと反省会をしてから帰宅する。風呂を沸かしておくか。それとも帰宅後は軽く飲むだろうか。おつまみになるもの、何か作っておこうか——などと、まるで『お前は妻か』と突っ込まれそうなことをしようとしているのは、今、愛と同居しているからだった。『睡眠時間以外』の時間を共有している、というのはそういうことだ。

風呂を沸かし、おつまみにはこの間結構好評だったサバ缶を使ったアヒージョをまた作ることにする。

ビールも白ワインも冷えている。今日は日本酒、と言われても対応可だ。よし、と頷いたそのとき、インターホンが室内に鳴り響いた。

Nテレビ近くにあるこのマンションは、セキュリティが堅固であり、エントランスを入るときと、エレベーターホールに入るときの二カ所に防犯カメラ付きのオートロックが設置されている。

インターホンの画面を見ると映像は映っていなかった。玄関前には防犯カメラがついていないのだが、ということはインターホンを押したのはこの部屋の主、愛しかあり得ない。

ふと悪戯心《いたずらごころ》が芽生え、ドアを開けながら僕はいつもの『ボケ』をかますことにした。ドアを大きく開き、思いっきり作った裏声で外にいるであろう愛に声をかける。

「あなた、おかえりなさーい！　お風呂にする？　ご飯にする？　それとも……あ・た・し？」

と続けようとした瞬間、目の前にいるのが愛ではないことに気づいた。

「あれ」

唖然《あぜん》とした顔で立ち尽くしているのは、僕と愛の大学の大先輩にして、今やNテレビでプロデューサーを務めている池田《いけだ》祥井《しょうい》だったのだ。

大学の先輩、といっても、通っていた時期は少しも被ってはいない。年齢が十歳以上離れているので、愛の事務所に入るまでは、彼と面識はなかった。

今時、もう言わないのかもしれないが、いかにもテレビ局のプロデューサー、といった感じの『チョイ悪オヤジ』である。

イタリアンブランドの高級スーツに、どこで焼いたんだかという黒い肌を包み、夜でもサングラス姿で局内を闊歩《かっぽ》する彼は、Nテレビでも『名物プロデューサー』と言われているらしい。

本人、俳優でもやったほうがいいのでは、という外見の良さでも充分話題にはなるが、彼が『名物』と言われるのは、担当した番組は九割ヒットさせる、その実力にあった。因みに、愛を金曜日のキャスターにスカウトしたのも池田先輩である。

「なんだ、お前ら、やっぱりそういう関係だったんだ」

腰が引け気味になりつつ、先輩が振り返った先、彼の背後から現れた愛が、やれやれ、というように溜め息をつき、僕を睨《にら》む。

「何浮かれているのか知らないけど、誤解を生むようなことするんじゃないよ？　竹之内」

「…………はい」

別に浮かれたわけじゃない。このボケはよくかまし、愛だって普段は『それじゃ、風呂』だの『メシ』だの、乗って答えてくれるのに、今日は僕だけを『危ない人』扱いするなんて酷《ひど》いじゃないか、と内心むくれながらも、そんな言い訳を告げることもできず、すみません、と項垂《うなだ》れた僕の横をすり抜け、まず愛が、そして池田先輩が中へと入ってくる。

「先輩、風呂、沸いてるって」

「俺が入っていいのかな。お前ら、一緒に入るんじゃないの？」

「もう、いい加減にしてください」

二人がリビングへ向かう、僕もそのあとに続きながら、愛はあまり機嫌がよくないようだなと、少し苛《いら》ついている様子の彼の後ろ姿を見やった。普段の彼なら、池田の冗談にここまで嫌悪感を露《あらわ》にすることも、ぴしゃりと言い返すこともない。

「先輩、何飲みます？　ビールかワインか」

「あ、焼酎《しょうちゅう》や日本酒もありますので」

愛に続いて僕がそう言葉を足すと、池田はにやりと笑い、二人を見返した。

「愛ちゃん、いい奥さんもらったじゃない」

「……それはもういいので」

むすっとしたまま愛がそう言い、じろ、と僕を睨む。

お前のせいだと言いたげな彼を『ごめん』と片手で拝《おが》むと、

「おつまみ、サバ缶のアヒージョ作ったんです。食べますか？」

お詫《わ》びがてら、と、愛と池田におずおずと切り出す。

「やっぱり愛ちゃん、いい奥さんを……」

「だからそれはもういいですから」

尚もからかおうとする池田を冷たくいなしたあと、愛は僕を再度じろ、と睨みつつ口を開く。

「アヒージョならワインかな。白、冷えてるか？」

「わかった。白だね」

了解、と頷き、僕はキッチンに、愛は池田を連れ、リビングのソファ前へと向かった。

「八十五インチ、やっぱり迫力あるねえ」

既に池田も愛も、酒を飲んでいるようである。『反省会』で飲んだのだろうが、どういうときに酒が出るのか、なんとなくわかるだけに僕は、これから始まるであろう二人の会話が決して楽しいものにはなるまいという予感のもと、急いでワイングラスやら取り皿やら、ワインクーラーやらを準備し、アヒージョやワインをリビングへと届けた。

「いやあ、この大画面でも鑑賞に堪え得るね、お前の顔は」

今、二人は僕が録画した、先ほど終わったばかりの『イブニング・スクープ』を再生していた。

「どの表情も完璧なんだよなー。なあ、お前、テレビ映りの訓練とか練習とかしてんの？どこから撮られてもイケてるようにするって、案外難しいって女優も言ってるよ？」

「……池田先輩……いや、池田プロデューサー、それより次回の特集は中止って、どういうことです？」

やはり、嫌な予感は当たったようだ。調子のいいことを言っていた池田に対し、愛が厳しい声音《こわね》でそう問いかけるのを前に、僕は二人のワイングラスに白ワインを注ぎ、それぞれの前に置いた。

「それじゃ、僕はこれで……」

仕事に戻らせてもらおう、と退席しかけた僕を、愛が振り返る。

「竹之内、お前も飲めよ」

「いや、その、原稿が……」

今まで何度か同じような場に居合わせてきた経験上、ここに残ればあと三時間は解放されないに違いない。

締め切りは来週。できることなら今日中に区切りのいいところまでは書き上げたい。その願いは、だが、愛の一言が打ち砕いてくれた。

「お前の意見も聞かせてほしいんだ。予告で僕が言った来週の特集、覚えてるか？」

わかっているだろうに、愛は何がなんでも僕をこの場に留めるつもりである。理由は、と考えるまでもなく、池田の口から語られる。

「だから、無理だって言ってるだろ？　冤罪《えんざい》を暴くって、そりゃ、成功すればいいよ？　だが失敗したら、番組自体、終わるよ？」

ワインには見向きもせず、愛を見据《みす》え、きつい語調でそう告げる池田に、

「冤罪だったらどうするんです？　無実の罪で人が裁かれようとしているんですよ？　見捨てることなんてできませんよ」

愛もまたワインにもアヒージョにも目を向けず、そう言い放ったあと僕へと視線を向けてくる。

「竹之内もそう思うだろう？　冤罪だとわかっているのにみすみす見過ごすことができるか？　報道で救えるのなら救いたいじゃないか。なあ？」

「そりゃ……」

同意を求められ、頷くより前に池田の厳しい声が響く。

「報道はあくまでも中立の立場を取るべきだろう。冤罪であると主張するのは百歩譲って放映できても、お前、真犯人についても言及するよな？　今までもしてきたもんな？」

「それは……」

言葉に詰まる愛に、ほらみたことか、というように池田がまくし立てる。

「今までは運良く、外さなかった。お前が犯人だって言った奴《やつ》が犯人だったよ。でも、何度もそう、危ない橋は渡れないんだ」

「ちょっと待ってください。『運良く』って言いました？　今」

途端に愛が憮然《ぶぜん》とした顔になり、池田に食ってかかる。

「言ったよ」

「まぐれみたいな言いかたはやめてください。あれは取材に取材を重ねた結果、導き出された結論です。次回も必ず冤罪を晴らし、真犯人を見つけてみせます」

きっぱり言い切った愛の声も顔も、実に迫力があった。美形、美声、というのは堂々と言ってのけると、それだけで『聞かなければ』という気持ちにさせられる魔力のようなものがあると思う。

長年の付き合いのある僕ですら、彼の言葉には従わねば、とこの瞬間にも思ってしまっていた。だが池田にはその『魔力』だか『魅力』だかは、通じないようだった。これぞ年の功というものなのかもしれない。

「駄目だ。その言いぶりじゃ、取材が足りてないんだろう? 見切り発進はできない。来週の特集は別でいけ。いいな?」

そう告げたかと思うと、一気にワインを呷《あお》り、タンッと音を立ててグラスをテーブルに置いたあとにソファから立ち上がった。

「明日、ゴルフで早いんだ」

それじゃな、という一言と、バチッと音でもしそうなウインクを残し、池田が部屋を出ていく。

「池田さん」

去り際の素早さに、慌てた様子で愛があとを追い、僕も彼に続いた。

「池田さん、話、聞いてください」

「駄目なものは駄目だ。他のネタだ。今回ボツにした猫屋敷、あれでいこう。猫は数字持ってるからな」

愛の制止も空《むな》しく、再度、それじゃな、という言葉を残し、池田は出ていってしまった。

「……池田さんも、事なかれなんだよなぁ……」

ぼそり、と呟《つぶや》きつつ、ドアの鍵をかけたあと、愛がくるりと振り返り、やや自棄《やけ》になっている口調で僕を誘う。

「仕方がない。飲み直そう」

「悪い。実は締め切りがあって」

愚痴《ぐち》相手になってやりたい気持ちは勿論あるが、物理的に無理だ。時間がない。拝んだ僕に対する愛の言葉は、名前どおり『愛』に満ちたものだった。

「なんだ、仕事があったのか。悪かった。単行本か？　雑誌か？　どちらにせよ、楽しみだな」

「ありがとう。雑誌なんだ。久々だから緊張しちゃって……」

それで予定が押し、今や相当追い詰められているといった状態になっている。だがそんなことを言うと、まるで『忙しい中、夜食まで作ってもらって悪かった』という礼を強要しているようにとられかねないし、と言葉を呑《の》み込む。

それ以上に、今苦境にいるということを悟られてはならない理由があるのだが、ともかく僕はそれだけ言うと、

「じゃ、仕事に戻るね」

と愛の前を立ち去ろうとした。

「それは申し訳なかった。頑張ってくれ」

だが、皆まで言わずにいたというのに、何事にも聡《さと》い愛は言わずとも僕の苦境を感じ取ってしまったようだ。

心底申し訳なさそうな顔になり僕の肩を叩いてくれたあとに、彼が、ぽつりと漏らす。

「いつも愚痴に付き合ってもらうのも悪いもんな。今日はちょっと落ち込み激しいんだけど、いいよ。一人で飲み明かす」

「…………」

わかっている。愛が今の言葉を僕に聞かせようとしていたことはちゃんと見抜けていた。これが愛の作戦なのだ。ここまで言えば僕が、付き合わないわけがない、と踏んだ上で敢《あ》えて呟きを聞かせてきたのである。

一緒に暮らすようになるまで、僕は愛には美点ばかりで欠点など一つもないと思ってい

た。遠目に見ている限り、パーフェクトといっていい人間に見えたのだが、実際の愛は『完璧』からはほど遠い男だった。

　ここで僕がもし、気づかないふりでも決め込もうものなら、『夜食だよ』などと言い、ワインを手に部屋に押し入ってくるに違いない。

　そう、彼の欠点は――『かまってちゃん』、しかも相手が忙しければ忙しいだけ、かまってほしくなるという、ある意味究極の『かまってちゃん』ということだった。

　どの辺が究極かというと、彼をかまいたい相手に対してはかまわれたくないという我儘《まま》ぶりなのである。僕が暇なときには『かまって』ほしいという素振りは一切みせないのに、忙しくなると途端に絡んでくるのだ。

　だからこそ、相当追い詰められているほど忙しいということは隠しておきたかったのだが、最早後の祭りである。

　こんな面倒くさい性格だとはまったく知らなかった。高校時代も大学時代も、僕が知っている愛は爽やかな笑みを浮かべる、唇から真っ白な歯がこぼれるような好青年だったはずなのだが。

　やれやれ、と内心溜め息をつくと僕は、

「一杯くらいなら付き合えるけど」

最大限の譲歩を口にした。

「え？　いいのか？」

途端に明るい声を出す愛を、わかってやっているんだろうが、とつい、睨んでしまう。

「サバ缶のアヒージョ、前にクックパッドで見つけたレシピだよね？　とても美味《おい》しかった。一緒に食べよう」

愛は僕の睨みを軽くスルーしたかと思うと、肩に腕を回し、再び僕はリビングに向かわされることになってしまった。

「さて反省会」

愛がリモコンを操作し、今日の放映を頭から見始める。

「衣装、オレンジのネクタイは失敗だったよね。色、飛んじゃってるし」

「……だね……」

頷くしかなかった僕をちらと見やり、愛が次々とダメ出しをしてくる。

「スーツもイマイチだ。先週と同じブランドを使ってどうする？　シャツとの組み合わせもなあ……画面で見るとしっくりこない。そう思わないか？」

「悪い。今度からライトのことも考慮する。ブランドにも気をつける」

「頼むよ」

文句は言うがあとはひかない。それが愛の美点の一つである。

「逆に、竹之内が気になったことはあったか?」

もう一つの美点は、この向上心と人の意見には積極的に耳を傾けること。彼は毎週、帰宅後にこうして僕からのダメ出しを聞きたがるのだった。

それゆえ僕は、どんなに自分の仕事が押しているときでも、生放送である彼の番組の放映時間には必ずテレビの前に座り、身を入れて番組を観ることにしている。

「気になるってほどでもないんだけど、お天気お姉さんとのやりとりがちょっと違和感あったかな」

「……あー、それか」

途端に愛が顔を顰《しか》め、ワインを一気に呷った。

「多分、来週からお姉さんは交代になる」

「……あー、そういうこと」

僕が顔を顰めてしまったのは、結構あのお姉さんを気に入っていたからで、その前に愛が顔を顰めたのは、お天気お姉さんから恋愛的なアプローチを受けたために、交代させざるを得なくなったからだ。

色恋が絡むと、仕事がしづらくなる。それで愛はできる限り、共演者との間に距離を置き、恋愛感情を抱かれないよう気をつけているという。

その辺の男がそんなことを言おうものなら、自信過剰だなと嘲笑《ちょうしょう》されるだろうが、愛の場合は『切実な悩み』で、今まで共演した異性——たまに同性から、ほぼ百パーセントの割合で恋愛感情を抱かれてしまっているのだった。

番組が始まった当初、金曜日のアシスタントも月曜日から木曜日までと同じ若い局アナだった。が、初放映のあとに彼女が愛に告白したために、翌週から大ベテランの女子アナに交代となり、ふた月後には七十代のもと大学教授のおじいさんがアシスタントの席に座ることとなった。

スタッフもすべて男性、ゲストも極力男性、と、愛の職場は今や男性オンリーになっている。

お天気お姉さんはスタジオには入らないので、直接顔を合わせることはないはずなのだが、楽屋にでも来られたのだろうか、と残念に思うあまり僕は思わず、溜め息を漏らしてしまった。

来週からは『お天気おじいさん』にでもなっているんだろうか。男ばかりのあの番組では、唯一の目の保養だったのに。

実に残念だよなあ、と思う僕の心理を見抜いたのだろう。愛が「悪い」と頭を下げたあ

とに、

「しかし」

と言葉を足す。

「君の受けたダメージより僕のダメージのほうが断然大きいという話、そろそろしてもいいかな？」

「あ、ごめん。どうぞ」

彼の『話』を聞かないかぎり、僕は仕事には戻れないだろう。諦観《ていかん》から促《うなが》した僕に、愛がにっこりと笑いかけてくる。

「ありがとう。さすが推理作家だ。何も言わずとも僕の心中は察してくれていると、そういうことなんだろうね」

そう。僕のもう一つの職業は駆け出しの『推理作家』であり、今や来週締め切りの原稿を書かねばならないという、非常に辛《つら》い立場にいるのである。

「なら話を聞いてもらおう。なあ、どう思う？　あれは確実に冤罪だ。なのになぜ、池田先輩はGOを出してくれないんだ。酷いと思わないか？」

愛もまた、僕の辛い立場はわかっているだろうに、気づかぬふりを貫きつつ、愚痴モードに突入しようとしている。

世の女性たちに知らせたい。あなたたちが夢中になっている、金曜二十三時二十分の男は、こうも面倒くさい性格をしているということを。

しかし僕はこの『面倒くさい』男には多大なる恩義があるため、意のままに動くしかないのである。

「うん、酷いと思うよ」

今夜は長くなりそうだ。心の中で溜め息をつく僕の頭はそのとき、来週の締め切りまでに原稿を上げることはできるだろうか、さすがに無理か、という葛藤《かっとう》でいっぱいになっていた。

2

一年前まで僕は、世間的には大手といわれる電機メーカーで経理を担当していた。

特にメーカーに勤めたいと思ったわけでも、経理をやりたいと思ったわけでもない。就職難といわれる昨今、贅沢《ぜいたく》はいっていられない、とあらゆる業種を受けまくった結果、唯一引っかかった、という理由だった。

仕事にやり甲斐《がい》はあるかと問われたら、正直、あるとは言いがたかった。だが、生活するためには働かなければならない。収入は、同年代と比べて特別いいわけでもなく、特別悪いわけでもなかった。まさに『中庸《ちゆうよう》』を地で行く僕の今までの人生に、相応《ふさわ》しい職場なんじゃないかと、自分ではそう納得していた。

仕事で得られない『やり甲斐』を僕は趣味の世界に求めることにした。高校生の頃から推理小説が大好きで、好きが高じて自分でも書いてみるようになっていたのだ。

しかし読むと書くとは大違い。とても他人様《ひとさま》に見せられるような仕上がりとはならず、書いたはいいが、プリントアウトすらすることなくすべてパソコンのフォルダー内にお蔵入りさせてしまっていた。

社会人になったあとも、用事のない土日や早く帰った日の夜に、ちょくちょく書いてはいたのだが、相変わらず自分でも面白いとは思えないものばかりが仕上がっていった。

そんな中、お盆休みに実家に戻ったものの、たいしてやることがなかったので一週間かけて書いた中編が、我ながら、これはちょっとイケるのでは、と思えるような仕上がりに初めてなったのだった。

そうなると誰か自分以外の人間に読んでもらいたいが、送りつけるような友人もいない。最近、インターネットで公表するサイトが流行《はや》っているというが、覗《のぞ》いてみると読者から結構辛辣《しんらつ》なレビューがついていたので、勇気を挫《くじ》かれてしまった。

そんなこんなで、最後に僕が辿《たど》り着いたのが、そのとき読んでいた雑誌に載っていた『新人賞募集』の記事だった。

ちょうどその年から始まった賞で、受賞者には一千万円という高額賞金が出ることから、メディアでもちょっと話題となっていた。

どうせ入賞なんてしないに決まっているが、誰かしらは読んでくれるはずだ。来年には三十になるし、二十代最後の思い出ってことで——と、出してみたところ、これが思いもかけない結果を生んだ。

といっても、『新人賞』をとったわけではない。『選外佳作』として、雑誌に名前が載っただけではなく、次の号に掲載されることが決まったのである。

信じられない幸運に、僕は舞い上がった。編集部からはすぐに連絡があり、担当編集も決まった。

佐藤《さとう》さんという三十代後半の、ひょろっとした眼鏡男子で、ミステリーマニアだという彼はなぜか、僕の応募作をえらく気に入ってくれたという。

これから一緒に頑張りましょう、と言われ、『これから』なんてあるんだ、と喜びの絶頂にいた僕だったのだが、思わぬ試練が待ち受けていた。

会社にこの件が知られたのである。

絶対入賞などするわけがないと思っていたので、僕は本名で応募していた。『竹之内誠人』という名は、あまり平凡なものではない。それで見つかってしまったらしく、人事部から呼び出され事情を聞かれた。

僕は正直に、余暇《よか》に書いた小説を思い出受験のつもりで応募した、と明かし、結局はおとがめなしとはなったのだが、人事部長曰《いわ》く、当社は兼業を認めていないので、勤務の継続を希望するなら、今後一切執筆活動は禁止と申し渡されてしまったのだ。

会社としては、業績が悪化している今、切れる首はすべて切っておきたいというところだったのだと思う。

　どうしよう、と迷いに迷い、佐藤にも相談した。

「……正直、会社を辞めることは賛成できないんだよね」

　佐藤は困り切った様子でそう言うと、今、出版業界がどれだけ厳しいかを切々と僕に訴えてきた。

「新人賞をとった作家にも、執筆一本でやっていくことは勧めていないんだよ。賞金は一千万でたけど、それで何年も食いつなぐことはできないしね。今の竹之内さんの年収分、作家として稼げるようになるには何年もかかると思う。下手したら一生かかっても無理かもしれない」

　言葉を尽くし、退職を思いとどまらせようとした佐藤の心境は、選外佳作ごときで会社を辞められても、一切責任は取れない、というところだったのではないか。

　僕自身、会社を辞める勇気はない上、小説を書いて生計を立てられるという自信はまったくなかった。

　せっかく訪れたチャンスだが、諦めるしかない。今まで何作も書いてきたが、どれもこれもものにならなかった。これは、という自信作でさえ、『選外佳作』だったのだ。夢もやり甲斐も捨て、堅実な道を選ぼう。

よく考えた末、そう結論を下した僕は、佐藤に会うべくアポを取り、出版社を訪れようとしていた。

メールや電話で断ろうと思えばできたし、もしかしたら佐藤もそっちのほうを望んでいたかもしれないが、やはりけじめとして、対面した上で話をしようと思ったのだ。

フレックスをとり、夕方、神保町《じんぼうちょう》を目指していた僕は、駅から出た途端、テレビのロケ隊とぶち当たった。

誰かが撮影をしているのを、通行人が囲んで見守っている。

神保町は古書街としてだけではなく、グルメ特集を組まれることも多い。そうしたロケかな、と思いつつ横を通り抜けようとしたそのとき、不意に声をかけられたのだった。

「竹之内君じゃないか？」

「え？」

馴染《なじ》みのあまりない土地でいきなり名を呼ばれ、振り返った先、ロケ隊の中から一人の男が、人波をかき分け笑顔でやってきたのに、僕は驚きのあまりその場で固まってしまった。

「久し振りだね。元気だった？」

「きゃー、愛キャスターよ！」

「本当に素敵ねえ」

僕の周囲で、撮影を見学していたギャラリーたちから、黄色い歓声が上がる。

「今日は？　出版社に？」

愛と会ったのは、大学卒業以来だから、かれこれ七年ぶりだった。卒業後彼はテレビ局に記者として入社したが、ニュース番組で現場レポートを担当したところあっという間に人気が出て、今や金曜日の夜のみ、キャスターを務めていることを僕は当然知っていた。

『金曜二十三時二十分の男』ともてはやされている彼は、僕にとっては『同級生』ではあるものの、もう別世界の人、という認識でいたために、こうして偶然会っただけでなく向こうから声をかけられ、僕は相当、驚いてしまい、愛に何を問われたかすら、ちゃんと理解できていなかった。

「愛さん、撤収です。そろそろ警察に目をつけられそうなんで、ロケ車に戻ってもらえますか？」

と、背後から愛に、テレビ局のスタッフらしき若い男が声をかけてくる。

「わかった」

愛は頷くと、わけもわからずその場で立ち尽くしていた僕の腕を不意に摑《つか》んできた。

「えっ」

「ちょっと話したいことがあるんだ。五分くらい、いいだろう?」

にこやかに微笑み、そう告げたかと思うと、愛が僕の腕を引き歩き出す。

「愛さーん!」

「優一郎さまー!」

黄色い歓声に対し、愛は愛想良く笑顔を向け手を振ると、近くに停《と》めてあったバンへと乗り込んだ。

「ごめん、五分、待機お願いできるかな?」

運転席に座る男に愛はそう声をかけたあと、ようやく自分を取り戻しつつあった僕へと改めて笑顔を向けてきた。

「竹之内君、久し振り。強引に連れてきてしまって悪かった。出版社との打ち合わせだったんだろう? 時間、大丈夫か?」

「あ、うん。約束は四時だから……」

答えかけて僕は、ふと、なぜ愛が僕の行き先や用件を知っているのかという、今更の疑問に気づいた。

「ええと……」

それを問おうとしたのがわかったのか、愛がまたも、にっこりと、全国の奥様を画面越しに虜《とりこ》にしているという爽やかな笑みを浮かべつつ、口を開く。

「どうして君の行き先が出版社と思ったのかというと、君の受賞を知っているからだよ。作家デビュー、おめでとう」

「ええっ」

驚きは更なる驚きを連れて戻ってきた。

「雑誌で君の名前を見たよ。そういや君は高校の頃からミステリーが好きだったたし、大学ではミステリー研究会というサークルにも入っていたなと思い出していたところだった。勿論、読んだよ。面白かった。神保町には君が受賞した雑誌の出版社があるから、てっきり打ち合わせかと思ったんだ。それで？　新作は？　いつ頃、読むことができるのかな？」

まさに立て板に水のごとく、喋《しゃべ》り続け、僕に問い続ける愛に対し、あまりにも驚いていたものだから僕は、話さなくていいことまで——会社から兼業は認められないと釘《くぎ》を刺されたため、今後の執筆を断るためにこれから出版社に出向こうとしているということまでを明かしてしまったのだった。

僕からの話を聞いたあと、愛は少しの間考えていたが、やがて真面目な顔で問いを発してきた。

「君は今の会社を辞めたくないのか？」

「執筆のみで食べていくことはできないと、担当編集にも言われているからね」

辞めるわけにはいかない、と答えた僕に、愛が問いを重ねる。

「収入面以外で、会社に残りたい理由は？」

「……特に、ないかな」

やり甲斐のある仕事ではない。しかし、辞めれば収入が絶える。だから辞められない、と答えた僕に、愛は次なる問いをしかけてきた。

「今、君の年収は？」

「え？」

唐突すぎる問いに、驚いたあまり声を失う。

「同じ額だけ出そう——いや、多少上乗せしてもいいか。僕のオフィスで働かないか？」

「えええっ？？」

僕の上げた驚きの声が、ロケ車内に響き渡った。

「実は、事務所のスタッフが先月、辞めてしまって後任を探しているんだ。竹之内君は経理担当だとさっき言ってたよね。ウチの事務所で働かないか？　僕は兼業禁止なんてケチなことは言わない。余暇で小説を書いてもらって全然かまわないよ。どうかな？」

そのとき、僕は知らなかったのだが、愛は当時、テレビ局と処遇について揉《も》めた結果、退職しフリーになった上で、同じ局と金曜日のみキャスターを務めるという契約を結んでいた。

僕にしてみたら夢のような話で、迷う余地などあるはずもなく、その後、向かった打ち合わせで僕は佐藤に、再就職先が決まったので執筆を続けたいと申し出、彼を仰天させたのだった。

僕が愛の事務所で働くようになったのには、そういった経緯があったのだが、まさに人の世というものは、何が起こるかわからない、とこの件で僕は思い知った。

前の会社では会社の寮に入っていたため、新たに住居を探そうとしていたところ、愛から「事務所として借りているマンションに住めばいい」と言われ、お言葉に甘えることとなった。

唯一想定外だったのは、『事務所として借りているマンション』イコール愛の住居だったということなのだが、４ＬＤＫという贅沢な間取りであるので、同居の不自由は感じなかった。

事務所のスタッフとして僕が担当しているのは経理と、そして愛のスタイリング、その他雑用、という感じだった。

因みに家事は分担制で、食事や洗濯は週替わりである。

空いている時間は執筆にあててくれていい、と言われたため、平日日中でも原稿を書いているときもあるし、土日であっても愛の取材に付き合わされることがある、という日々を、この一年、過ごしてきた。

愛はテレビに登場するのは金曜日の夜のみだが、それ以外の時間を取材にあてているのだった。

そもそも愛はキャスター志望ではなく、『記者』になりたくてテレビ局を目指したのだという。

現場から生の声を届けたい。新聞社とテレビ局、どちらにしようかと迷った結果、映像として届けるほうが人の心に響くという判断を下し、テレビを選んだのだと、いつだったか愛本人から聞いたことがあった。

だからこそ、愛は現場取材を大切にする。彼が今回、特集を組むと言っていた神戸の事件の取材も寝る間を惜しんでおこなっていた。

事件の概要は、政治資金の不正が発覚した政治家秘書の自殺だったが、愛は秘書がすべての罪を被らされた上で殺されたと読み、取材を重ねていた。

相手が政治家であることから、もしや圧力がかかったのかもしれない。僕が気づくことに愛が気づかないわけがなく、やりきれない思いを酒に乗せてぶつけてくる彼に僕は、来週の締め切りを気にしつつも同調してしまっていた。

「来週は猫屋敷をやれってか。くそ。確かに猫は数字を持っているけどな」

愛は今やすっかり酔っ払っているようだった。かくいう僕も、最初の一杯は付き合おう、と思っていたはずが、随分とグラスを重ねてしまっている。

「仕方がない。竹之内。明日、取材に行くぞ。プロデューサー様のご命令には逆らえないからな。徹底的に面白いものに仕上げてやる」

「えっと……」

明日、取材に付き合う時間的余裕は僕にはない。今日、この時間だって惜しいくらいのものなのだから。

断ろうとした僕の先を制し、愛が言葉を足してくる。

「勿論、無理にとは言わない。来週締め切りだもんな。お前の負担にはなりたくないから、一人で頑張るよ」

「…………」

まただ。僕が断れないように予防線を張ろうとしている。

そこまで言われたら、恩義を感じている僕が断れないと愛は踏んでいるのだ。本当に卑《ひ》怯《きょう》な『かまってちゃん』だ、と僕は思わず、彼を睨んでしまった。

「なに？」

にっこり。

愛がそれは華麗《かれい》に微笑んでみせる。

高校一年生のとき、初めて彼と顔を合わせたその際にも、愛はこの晴れやかな微笑みを浮かべていた。

クラスメイト全員の心を虜にした笑みを浮かべられては、恩義があろうがなかろうが、逆らえるはずはないのである。

明日一日は、愛に付き合おう。締め切りは来週だ。今夜これからと、明後日以降、頑張ればなんとかなるんじゃないかと思う。

「僕は……何をすればいいのかな？」

意を決し、問いかけた僕に愛が嬉しげに微笑みかけてくる。

「取りあえずは、運転手、かな」

お前、免許持ってるよな。なら運転くらい自分でしろ。

言いたい気持ちをぐっと抑え、僕は「わかった」と頷くと、今は退散させてもらわねば、とその機会を必死で窺《うかが》っていたのだった。

翌朝、午前八時に僕は、愛に叩き起こされた。

「いつまで寝ている？　朝食はできてるぞ」

今週の食事当番は愛ゆえ、メニューはわかっている。彼は別に、能力的な問題では料理ができないわけでもないのだが、彼が作る朝食は常に、市販のグラノーラなのだった。

愛には衣食住、すべてにおいてそういうところがあるのだ。何を着ても似合うのだから、あれこれ試してみればいいのに、オフの格好はいつも決まって家の中では何年も前から着ているスウェット、外に出るときは白シャツとジーンズだ。

マンションの内装も、購入したときに業者に見繕《みつくろ》わせたものを五年以上ずっと使っているという。

要は、自分が興味のあること以外は、あれこれ考えたり選んだりするのが面倒くさい、ということらしい。

「食べたら即、猫屋敷に行こう。この下調べが終わったらロケ隊と日程合わせ、そのあとすぐ神戸を調べる。全部、速攻で終わらせるさ。頑張ろうな、竹之内」

愛はやはり、神戸の事件を調べるつもりのようだ。だがプロデューサーには逆らえない。

ゆえに猫屋敷の取材はちゃんとやり、余った時間で神戸の件も取材をする。

さすが、としかいいようがない。だがそれができるからこそ、テレビ局を退職し、独立した今も、誰にも代えがたい地位を保っていられるのだろう。

見習いたいが、凡人《ぼんじん》にできることではない。僕にできることといえば、愛にクビを言い渡されないように頑張ることと、担当編集の佐藤さんにも見捨てられないように、必死になることくらいである。

猫屋敷でもなんでも、取材してやろうじゃないか。こうなりゃ自棄だ、と僕は、少しでも早く取材を片付けるには少しでも早く猫屋敷に行くことだ、と、グラノーラをかっ込み始めた。

猫屋敷は杉並《すぎなみ》区にあるとのことで、僕らは食事を終えるとすぐ、愛の運転する車で向かうことにした。

昨夜、愛は僕に『運転手』の役割を振ってはいたが、実際、運転は常に愛がすると決まっていた。というのも僕は車を持っていないので、愛の車を使うしかないのだが、愛は自分の車をこよなく愛しているそうで、他人には運転を任せたくないというのである。

愛の愛車――『愛』がかぶってる――は、意外にも国産のセダンだった。高級車ではなく、言っちゃなんだが中産階級に人気の車種だ。愛の年収からすると、それこそポルシェでも買えそうなものだが、取材するのに目立ちすぎるのはマイナスでしかないという理由で、敢えて販売台数日本一といわれるこの車を選んだのだそうだ。

「しかし猫は数字持ってるって言うけど、今回のはどうなんだろうねえ」

助手席に座った途端、愛から『読め』と言われたのは、番組のホームページに寄せられた投稿だった。

近所に、野良猫を拾ってきては家に住まわせる老女がおり、既に飼い猫は二十匹を超えている。どうやら老女は少々ボケてしまっているようで、トイレ等の世話を怠《おこた》っているらしく、異臭はするわ、猫が余所《よそ》の庭で用を足すわと、近所の住民が大変な迷惑を被《こうむ》っていたところ、隣の家の夫婦が見過ごせなくなったらしく、老女のかわりに猫たちの世話を買って出てくれるようになった、実に美談だ、というような内容が書かれていたが、それを読んだ僕の感想もまた、愛と同じものだった。

「どちらかというと猫より老人介護《かいご》ネタって感じがするよね」

「忘れられつつあるご近所付き合い、とかだよな」

愛も頷いたあと、やれやれ、というように溜め息を漏らす。

「二十匹以上の猫だよ。別に猫は嫌いじゃないけど、一匹二匹で充分だろう？　二十匹以上。絵面を想像するだけで寒気がする」

言葉どおり、ぶるっと身体《からだ》を震わせた愛だが、取材に入れば『寒気が』している素振りなど決してみせないことだろう。その辺は本当にプロなんだよなあ、と感心しているうちに車はその『猫屋敷』に到着した。

「廃墟《はいきょ》か」

愛が呟いた、それと同じことを僕もまた思っていた。

廃墟、といっていいと思う。門には蔦《つた》が絡まりまくり、表札を隠している。まだ、門を入ってもいないが、にゃあ、という鳴き声が複数どころか、聞こえまくっていることに、僕らは思わず顔を見合わせてしまった。

「……二十匹以上、いそうだな」

やれやれ、というように愛が肩を竦《すく》めたあと、インターホンを押そうとする。

「あのぉ」

とそのとき、背後から声をかけられ、僕も愛も驚いて声の主を振り返った。

「沢村《さわむら》さんに何かご用ですか？　多分、インターホン押しても出てこないと思うから、かわりに……って愛キャスター⁉」

声をかけてきたのは、中年の女性だったのだが、途中で愛に気づいたらしく、一気に声のトーンが上がる。

「え？　うそでしょう？　本物？　本物ですよね？」

「はい、本物です」

愛がにっこりと微笑み、頷いてみせる。

愛想がいいことでは定評のある愛だが、今回、声をかけてきた中年女性に対しても、その愛想の良さは遺憾《いかん》なく発揮され、あっという間に彼女をめろめろにしてしまった。

「失礼ですが、沢村さんのお知り合いですか？」

にこやかに問いかける愛に対し、中年女性は少女のように頬《ほお》を染めながら、

「知り合いというか、隣に住んでるんです」

と答える。彼女が提げていた紙袋から覗いているのがキャットフードだと気づいたと同時に、もしや、と、思わず愛を見る。愛もまた同じことを考えていたらしく、僕をちらと見たあと小さく頷くと、女性に向かい問いかけた。

「もしかして、沢村さんのかわりにボランティアで猫の世話をしていらっしゃるかたではないですか？」

「え？」

と、それまでハイテンションだった中年女性が、途端に訝《いぶか》しげな表情となり、後ずさるような素振りをする。逃げられては大変、と愛は満面の笑みを浮かべると、一歩彼女に踏

み出し、事情を説明し始めた。

「実はイブニング・スクープに、ご近所の美談ということで、この猫屋敷の投稿があったんです。一人暮らしのご老人が捨て猫や野良猫を拾ってきては家に住まわせているが、世話ができるような状態ではないため、今や二十匹以上の猫屋敷となり、近隣の住民の皆さんが迷惑していたところ、お隣の親切な奥様がその猫の世話をかわりにしてくださっているという。近来まれに見る美談だと我々も思いまして、それで取材にあがったんです。その親切な奥様というのが、もしやあなたではありませんか？」

「……そう、ですけど」

中年女性の顔にはうっとりとした表情が浮かんでいた。さすが愛、と心の中で感心していた僕の前で、愛はますます奥様キラーぶりを発揮していく。

「お名前、伺ってもよろしいですか？」

「嶋田《しまだ》ですけど……」

「嶋田さん、少々お話、伺えますか？　手に持っていらっしゃるの、猫の餌《えさ》ですよね。これから世話をされるんですか？　よかったら同行させていただけませんか？　是非、普段のあなたの働きぶりを拝見したいのですが」

「あの……ちょっとそれは……」

嶋田は非常に照れていた。愛を前にし、照れない女性はいない。それは今まで何度も取材に同行していた僕だからこそ断言できることなのだが、気持ちはわからなくもない、と僕もまた、女性の心をとらえてやまないであろう愛の美貌に見入り、爽やかな弁舌に聞き入ってしまっていた。

嶋田は間違いなく取材をオッケーし、これから僕らは猫屋敷に入ることになるんだろう。マスクや軍手《ぐんて》は車の中にある。門の外にいるのに、明らかに糞尿《ふんにょう》の臭いが漂ってきているから、中は相当臭いだろう。

今のうちに、取りに戻るか、と車へと視線を向けたそのとき、思いもかけない言葉が嶋田の口から放たれ、僕は思わず驚きの声を上げてしまったのだった。

「申し訳ないけど、取材はお受けできません。そんな、たいしたことしているわけではないので」

「えっ」

なんと嶋田は、あれだけ愛にぼーっとなっていたにもかかわらず、きっぱりと拒絶してきたのである。

「たいしたことですよ。普通、できるものではありません」

驚いたのは僕だけなのか、愛はますますにこやかに微笑み、嶋田を説得しようとする。

「とにかく、取材はお断りします。ご近所からの苦情も怖いですし……あまりよく思われていないんです。猫の世話をしていること」

失礼します、と嶋田は頭を下げると、門を開け、中へと向かってしまった。

「おばあちゃん、猫見に来たわよ。入っていいわよね？」

大きな声を上げながら、玄関の引き戸を開け、家の中へと入っていく。

「嶋田さん」

愛が呼びかけたが、嶋田は振り返ることなく、後ろ手で戸を閉めてしまった。

「久々に拒否られたね」

珍しいことだ、と愛に声をかけつつも僕は、これで今日の予定は空いた、と心の中でガッツポーズをとっていた。

取材を断られたのだから、帰るしかない。まさかこの足で神戸の取材に行こう、とはさすがに言わないだろう。チケットだってとってないし、準備もしていないのだ。どちらにしろ家に帰ることになるから、帰宅後、すぐさま自分の部屋に駆け込み、机に向かってしまおう。

どれだけ愛がかまってほしい攻撃をしてきてもかわすのみ。よし、と一人頷いていた僕の横で、愛がぼそりと呟く。

「……におうな」

「うん、臭いよね」

猫のトイレはマメに掃除をする必要があるという。僕自身は猫を飼ったことがないのだが、昔付き合っていた彼女が猫飼いで、確かそんなことを言っていた。

二十匹以上、猫がいるとなると、トイレの数も膨大になるだろうが、その世話を果たして老女の沢村がしているかとなると、できていないとしか思えない。

庭付きの家であるようだし、トイレの設置すらしていないのでは、と思えるような臭さだ、と頷いた僕を愛が呆《あき》れた顔で見返す。

「馬鹿《ばか》、違う。彼女が――嶋田さんがにおう、と言ったんだ」

「それは失礼じゃないか？　別に臭くはなかった……」

よ、と終《しま》いまで言うより前に、愛に軽く頭を叩かれてしまった。

「ボケはいいから」

「いや、ボケたわけじゃないんだけど……」

そっちこそ『ツッコミ』してるじゃないか、と不満を口にしたと同時に、愛の言いたいことに気づいた。

「怪しいって？　取材を拒否したからか？」

自分の魅力に屈しなかったから、怪しいとでも言いたいのかと、ちょっと意地悪を言ってみたくなったが、怒られそうなので我慢する。

「頑《かたく》なすぎるだろう？　カメラを向けたわけじゃない。ただ、話を聞きたい、様子を見たいと言っただけなのに、ああも拒絶してみせるとは、何かそうせねばならない事情があるとしか思えない」

愛はそう言ったかと思うと、ぽん、と僕の肩を叩いた。

「というわけだから、周辺の聞き込みを始めよう」

「えっ？　だって取材拒否されたよな？」

それなのに、と眉を顰《ひそ》めた僕を前に愛が、何を言っているんだか、というような表情となる。

「気になるじゃないか。なぜ彼女が取材を拒否したか」

「テレビが嫌いとか、それ以前に目立つのが嫌いとか、そういうことなんじゃないのか？」

誰もが皆、テレビに映りたがるというわけではないと思う。恥ずかしがり屋だっているのだ、と言い返しはしたものの、最早愛を止めることを僕は諦めていた。

「だからそれを確かめてみよう。さあ、始めるぞ」

少しでも疑問を覚えたことは、とことん取材して追及する。それが情報を届ける者に課せられた義務だ。

常々愛が口にしている、いわば彼のポリシーである。そのポリシーがあるからこそ、彼は人気ニュースキャスターとしての今の地位を築けたのだろう。

そういう面は勿論、尊敬している。それに僕の雇用主は彼だ。言うことは聞かねばなるまい、と、目の前に生じかけた『執筆時間確保』という幸運に僕は断腸《だんちょう》の思いで背を向けると、仕方がない、と愛のあとに続き、猫屋敷の取材を始めたのだった。

3

隣の家の表札は『嶋田』だったので、その隣の家を愛と僕は訪れることにした。一人からでも話が聞けたら、その人にご近所さんを紹介してもらい、次々情報を集めようという計画である。

「あら、愛さん？　本物？　わあ、夢みたいだわ。本当に来てくれるなんて！」

運の良いことに、江原《えはら》ゆかりというこの奥さんが、愛の番組に『美談』の書き込みをした人だということだった。ハンドルネームは『愛さんのお嫁さんになりたい』だったが、しっかり結婚してるじゃないか、と心の中で突っ込みを入れる。

「江原さん、お話伺えますか？」

「勿論です。散らかってますが、どうぞどうぞ」

江原は『お嫁さんになりたい』相手を目の前にし、すっかり浮かれまくっていた。愛と僕を家の中へと通し、お茶やお菓子を用意してくれようとする。

「どうぞお構いなく。それより、お話を聞かせてください」

愛はそう言ったのだが、せっかく来てくれたから、と江原は頑《がん》としてお茶を出したいと譲らず、仕方なく愛と僕はソファに二人並んで腰を下ろし、彼女が再び現れるのを待った。

「すみません、お待たせして」

お茶の用意をしていたはずの江原は、なぜかワンピースに着替え、綺麗にお化粧をした顔で再登場し、お茶もお菓子も言い訳か、と気づかせてくれたのだった。お気遣いなく、などと思っていた僕はまだまだ修業が足りないようだ。

「改めまして、愛です。このたびはありがとうございます。そしてこちらが助手の竹之内」

「はじめまして。竹之内です」

頭を下げた僕を、江原がまじまじと見つめてくる。

「あら、羨《うらや》ましい。アルバイト？」

「え？　いえ、あの、正式な事務所の社員ですが」

なぜにタメ口。しかもなぜにバイト扱い？　疑問に思いつつも、むっとしてみせるのも大人げないかと笑顔で答えた僕の横で、愛がぷっと噴き出す。

「奥さん、彼はこう見えてれっきとした大人です。大学生のバイトじゃありませんよ」

「あらやだ。うちの息子と同い年くらいかと思ったものですから。大変失礼しました」

慌てて詫びてきた彼女に、今まで以上にむっとしていたものの、それこそ大人げない、と僕はにっこり笑ってみせた。

こうして大学生に間違えられることはよくあるが、毎度面白くなく感じている。今年三十歳になったと言うとたいていの人に驚かれる、つまり僕は童顔なのだ。

自分と同い年だと言うと場が盛り上がるため、二人して取材をしているときに、よく愛はネタに使ったりするのだが、そのたびにむっとしていることは多分、気づかれていないに違いない。

「息子さん、おいくつなんです？」

今日も愛はこれで話題を引っ張ろうとし、僕をますますむかつかせてくれた。

「十七。高二です」

しかも今日は高校生に間違えられたのか、と更にむかつく僕の横で、愛がいかにもなお世辞を口にする。

「そんな大きなお子さんがいらっしゃるようには見えないですね」

「やだわ。充分見えますよ」

世辞を言うな、的なリアクションをとってはいたが、江原は充分嬉しそうだった。

「それで、例の『猫屋敷』についてなんですが」

摑みはオッケー、と愛が本題に入る。

「おばあさん——沢村さんのお宅がその『猫屋敷』で、お隣の嶋田さんの奥さんが、沢村さんのかわりに猫の世話をされている、ということですか？」

問いかける愛の横で手帳を取り出す。こうしてメモをとるのが僕の助手としての仕事なのだが、実際、愛がこのメモを頼りにすることはない。取材内容はすべて彼の頭に入っているからである。

まあ、要するに『保険がわり』というメモなのだが、たまに確認をとられることがあるので、結構真面目にとっている。

「そのとおりです。あら？　でも私、嶋田さんの名前、出しましたっけ？」

投稿には書かなかった気がする、と首を傾《かし》げた江原に愛がすぐさま種明かしをする。

「実は先ほど、沢村さんのお宅の前でお会いしたんです。キャットフードを持っていらして、これから世話をするところだと」

「ああ、そうだったんですね。本当に頭が下がりますよねえ。あの奥さんのおかげで随分と被害が減ったんですよ。それまではもう、大変だったんです。猫の鳴き声はすごいわ、去勢や避妊をしていないから次々増えるわ、増えた猫が余所の庭で悪さをするわと……何よりあの家の周りが臭くて臭くて、たまらなかったんですが、見かねた嶋田さんが、猫のトイレを設置したり、動物病院に連れていって注射やら去勢やらをしたり、ちゃんと餌をやったりと、猫の世話をしてくれるようになって、随分改善したんですよ。ついでといっちゃなんだけど、沢村のおばあちゃんのお世話もしてあげているみたい。お金もかかるでしょうに、文句一つ言わずにやってくださってるんですよね。あまりに申し訳ないから、町内会費から餌代や猫砂代をカンパするということになったんだけど、嶋田さん、自分が好きでやっていることだから、と受け取らなかったんですよ。あんなに面倒見のいい人だったなんて、隣に住んでいてもわからなかったわぁ」

立て板に水のごとく、喋り続ける江原に、笑顔で相槌《あいづち》を打っていた愛が、ここで初めて問いを発した。

「嶋田さんが猫の世話をすることを面白くなく思っている住民がいると聞いたのですが」

「え？　誰です？　そんなこと言ったのは」

話の腰を折られたのが気に入らなかったのか、江原がむっとしたように問い返す。

「嶋田さん、ご本人です」

だが愛がそう答えると、江原は心持ちバツの悪そうな顔になり、口を閉ざした。

「どうされたんです？」

愛がにっこり、と微笑み、江原の顔を覗き込む。

「いえね、猫のことについては、皆、感謝してますし、悪くなんて言ってる人はいないんです。ただ、その、以前にね」

「以前？」

何があったのだ、と愛が小首を傾げるようにして問いかける。江原はもじもじと暫《しばら》く逡巡《しゅんじゅん》していたものの、愛が、

「江原さん？」

と名を呼ぶと、言いづらそうにしながらも話を始めたのだった。

「いえね、あの嶋田さん、後妻さんなんですが、お嫁にいらした当時、お姑《しゅうとめ》さんとあわなくて」

「…………」

いきなり話題が『渡る世間』じみてきたな、と内心思いつつメモをとっていた僕の横から、愛が、

「あわなくて？」

と話の続きを促す。

「結局、お姑さんを家から追い出しちゃったんです。もともと、お姑さんの家だったんですけどねえ。お姑さんも随分と気の強い人だったから、最初のお嫁さんはお姑さんのほうが追い出したというか、我慢できずに離婚して出ていって、それであの美沙子《みさこ》さんがお嫁

にいらしたんですよ。美沙子さんもかなり気が強いようで、お姑さんと随分派手にやりあってたんですが、半年くらい前だったかしら。お姑さんの姿が見えなくなったと思ったら、なんと、遠方の施設に入れちゃったんですって」

「なるほど。そのことについては当時、いろいろ言う人がいた……ということですね」

先回りする愛に、江原が、やはりバツの悪そうな顔のまま言葉を足す。

「陰口《かげぐち》……ってわけではないけど、酷いわねえ、くらいなことは言われてたみたいですね」

『言われてた』ではなく『言っていた』なんだろうなと、僕が心の中で思っているのがわかったのか、江原にじろ、と睨まれてしまった。

「それでは今は旦那《だんな》さんとお二人でお住まいなんですね」

愛が質問を続ける。

「そうです。一人息子さんだからか気が弱くて、結局美沙子さんの言うがままにお母さんを施設に入れたって、旦那さんの評判も今一つで。そのせいか旦那さん、ずっと元気なかったですね。とはいえ猫の世話は旦那さんもよくしてくださってるみたいですよ。行政が入るしかないかってところまできていたけど、あの夫婦のおかげで本当に助かってます。沢村のおばあちゃんも助かってると思いますよ。近所では皆、言ってます。自分のお母さんをないがしろにしたことへの罪滅ぼしなんじゃないかって……ああ、これは別に悪口じゃないですよ」

結局『陰口』を言っていたことを自《みずか》ら露呈した江原が、慌てて言い直すのに、愛が「そうですよね」と笑顔で頷く。

「ところで沢村さんのお身内はどなたか、このご近所にいらっしゃいますか？」

「それがいないんですよ。娘さんが一人いらっしゃるはずなんですけどね。町内会の人が猫屋敷をなんとかしてほしいって連絡を入れようとしたけど、結局所在がわからなかったって言ってました」

「で、沢村さんは少々その……認知症気味になり始まっていらっしゃると」

「始まってるどころか、もうかなりボケちゃってます。だから娘さんの連絡先も聞き出せなかったわけで。下手したら嶋田さんのこと、自分の娘と思ってるんじゃないかって、みんなで噂してますよ」

それもまた『陰口』ではないんだろうか。心の中で首を傾げていた僕を、今度は愛がじろ、と睨んだあと、笑顔を作り江原に問いかける。

「それではどなたに撮影許可を得ればいいでしょう。ご本人はちょっと難しいですよね」

「そうですねえ」

江原は少しの間考えていたが、ああ、そうだ、と何か思いついたようで笑顔になった。

「三軒先の今井《いまい》さん、市議さんなんですけど、この一帯のお年寄りの世話役をしてくださってるんです。このへん、お年寄りの一人暮らしが多いんですよ。あの人に頼めば、沢村さんに了解を取り付けてもらえると思いますよ」

なんなら一緒に行きましょう、と江原が張り切っているのは、自分の投稿が愛を呼び寄せたことが嬉しくてたまらないからのようだった。

「ありがとうございます」

愛もまた愛想良く対応し、ますます江原を舞い上がらせているのがわかる。

嶋田のしている『美談』の取材をするなら、本人に拒否されればかなわないが、猫屋敷本体の取材に必要なのは、『屋敷』の持ち主である沢村の承諾で、嶋田に拒否権はない。

しかし愛は、あの臭気漂う猫屋敷になぜ、そうまでして入ろうとしているのだろう。話題になるのは、ご近所付き合いから生まれた『美談』で、猫屋敷本体にはないはずなのだが。

そう思いはしたが、江原のいるところで事情を聞くことはできず、そのまま僕らは江原の先導で今井市議の家を訪れ、市議から、撮影許可を取り付ける、という確約をもらうことができた。愛の熱弁のおかげである。

「猫屋敷についての取材だったのですが、お話を伺ううちに、一人暮らしのお年寄りと地域のかかわりについて取り上げたいと思うようになったんです。沢村さんの娘さんとも連絡が取れないとのことですが、テレビ出演を機に、連絡先がわかるようになるかもしれません。地域一帯のお年寄りの世話をされている今井さんを中心に、是非取材させてはもらえないでしょうか」

今井は愛の言葉を一も二もなく聞き入れ、明日明後日にはカメラが入れるよう、沢村の許可を得ると約束してくれた。

そのあと愛と僕は、江原と今井が紹介してくれた近所の住民、二、三人から話を聞いたが、彼らからは江原と同じような内容の話しか聞くことはできなかった。

一人、三枝《さえぐさ》という主婦が、嶋田が以前義母を施設に無理矢理入れた、という話の続きとして、それを気に病んでか夫は暫く精神的に追い詰められた顔をしていたが、猫の世話を始めるようになってからは、顔色もよく、明るくなったと思う、といった話をしてくれたのが印象に残った。ボランティアはされる側だけでなく、する側の役にも立つということかな、と思ったためである。余程の猫好きじゃないかぎり、あの臭気の中、猫の世話をするなんて苦痛に決まっているが、世間の役に立っているという気持ちが嶋田夫の精神の安定を導いたってことかな、なんて、必要のない分析をし、愛にも話したら、馬鹿にするような目で見られて終わってしまった。

「さて、これからどうする？」

車に戻り、シートベルトを締めながら僕は愛に問いかけたのだが、彼の答えは『事務所に帰る』以外ないだろうと見越していた。

愛はテレビ局のクルーを使わず、自らの『チーム』を結成している。事務所の社員というわけではなく、派遣会社に外注しているのだが、カメラマンと音声、照明の三名はほぼ愛専用となっていて、声をかければいつでも駆けつけてくれるのだった。

お金がいいから、というよりは、愛の人柄に惹《ひ》かれているのだと思う。今井から取材許可が取れたと連絡が入り次第、その三人を押さえて、と先のことまで考えていたのだが、愛の答えは僕の予想から大きく外れていた。

「警視庁に行く」

「え？　警視庁？」

どうして、とわけがわからず、聞き返した僕に答えることなく愛は車を発進させた。

「何しに行くんだ？」

運転をする彼に問いかける。

「斎藤《さいとう》警部補に会いに」

「えー」

僕の口から思わず、憂鬱《ゆううつ》さを物語る声が漏れてしまった。

「そんなに嫌うなよ」

愛が苦笑し、僕を見たが、僕は別に斎藤を好きでも嫌いでもなく、どちらかというと斎藤が僕ら――というか、主に愛を嫌っているのだ。

僕たちより、五、六歳年上の三十代半ばの彼は、警視庁捜査一課の刑事である。なぜキャスターの愛が『嫌われる』ほどに縁ができたのかというと、愛が番組内で、自らの取材によりある冤罪を晴らした際、捜査を担当していたのがこの斎藤で、以来彼は愛を目の敵にしているのだった。

「会ってもらえないんじゃないのか？」

アポなしでは、と告げた僕に愛が肩を竦めてみせる。

「アポとったらもっと会ってもらえなくなるだろう？」

「ああ、そうか」

なるほど、と頷いたあと、そもそも愛は何をしに斎藤のもとを訪れようとしているのかと、それを聞かねばということに気づいた。

「今の、猫屋敷の件だよね？　警察に届けるようなことって何かあったっけ？　あ、沢村さんの娘の捜索願い？　でももう、出してるんじゃないのか？」

思いつくのはそれくらいだ、と言う僕を、運転しているがゆえに横目でちらと見やったあと、愛は、実に冷たい答えを返した。

「二回言うのは面倒くさいから、斎藤警部補と一緒に聞いてくれ」

「君も僕のことを嫌ってるのか」

酷い、と睨んだが愛はまるで相手にしてくれず、逆に、指示を与えてくる。

「パソコン持ってきたか？　ああ、スマホででもいい。今井市議の経歴、調べてくれ」

「今井さんの？　彼が何か怪しいって？」

だから調べさせるのか、と聞いてもやはり、愛は何も教えてくれない。

本当に僕のことを嫌いなんじゃなかろうか、と、むっとしながらも、指示に従い今井市議を調べたが、別にどうということは出てこなかった。

「今、四十五歳で、市議になる前はサラリーマンだって。大学はW大、出身は杉並だ。予定なんかも全部ホームページに載っているけど？」

「いつから市議だい？」

「六年前」

「何か気になる点は？」

「気になる点って？」

たとえば、と問い返した僕をまた横目で睨んだあと、愛がやれやれ、というように溜め息を漏らす。

「悪人には見えないかってことだよ」

「わからないよ。ホームページ見ただけじゃ」

言い返すと愛は、

「名前で検索して出てくるのはホームページだけじゃないだろ」

と更に言い返してきて、なるほど、評判を見ろということかと、僕は再度検索を始めた。

が、特にこれといったページは見つからない。

「話題にされている様子はないよ。よくも悪くも。ああ、老人問題についての集会の名簿に名前があった」

「そうか」

わかった、と言ったきり、愛はなんのコメントもつけてくれなかった。

果たして僕は役に立ったのか？　立ってないのか？

そのくらいは教えてくれてもいいと思うが、と恨みがましく見た先では、愛が真っ直《ま》ぐ《す》前を見つめ、運転を続けていた。

愛のもう一つの欠点は、もしかして僕に対してだけかもしれないが、こんなふうにいきなり素っ気なくなることだ。

気を許している相手だから――ということなのかもしれないが、誰に対しても常に愛想のいい彼が、突如として冷たくなることがある。

スイッチがどこにあるかはよくわからず、強《し》いて言えば思考力をフルスロットルで働かせているとき、ではないかと思うのだが、そんなときに傍《そば》に居合わせるとこうした意地悪を言われるのである。

『かまってちゃん』も困るが『意地悪君』としての当たりのキツさも結構応《こた》える。とはいえ、最近ではもう慣れてしまって、落ち込むこともなくなった。

逆に、そうも彼が考えまくっていることはなんだろう、と好奇心が湧いてくるようになった。もしや僕には少々、Mッ気があるのかもしれない。って勿論冗談だけれど。

今、愛の眉間《みけん》にはくっきりと縦皺《たてじわ》が刻まれている。一体何を考えているのだろうと、彼同様、思考力をフルスロットルで働かせていた僕を乗せた愛の愛車は、警視庁へと向け都内を疾走《しっそう》していった。

警視庁で愛は、彼の美貌にぼうっとなる受付の女性に、捜査一課の斎藤警部補を呼び出してほしい、と告げ、彼女は浮き立つ声で捜査一課へと連絡を入れてくれた。

だが、応対に出た斎藤には、浮き立った気持ちにやはりなってもらえなかったようだ。

「あの、ご用件を聞くようにとのことなのですが……」

申し訳なさそうに聞く彼女に愛は、にっこりと、それは華麗に微笑んだかと思うと、きっと斎藤が怒りまくるに違いないであろう言葉を告げたのだった。

「善良な市民の義務を果たしに来ました。是非、話を聞いてほしいと伝えてもらえますか?」

「承《うけたまわ》りました」

受付の女性の顔がみるみるうちに真っ赤になっていく。彼女は保留にしていたのを解除すると受話器に向かい愛の言葉を告げたあと、何か怒鳴っている斎藤に対し、

「とにかく来てください」

と告げ、電話を切ってしまった。

「少々お待ちください」

会釈《えしゃく》をする彼女に愛が「ありがとう」と礼を言う。

「あの、サイン、いただいてもよろしいでしょうか」

勇気を出したらしい彼女に愛が「いいですよ」と微笑み、差し出された紙にサインをし始めたそのとき、背後から誰かが駆けてくる足音がした直後、ドスのきいた声が響いた。

「おい、ふざけるなよ？　何が善良な市民の義務だ」

「斎藤警部補。お忙しいところ申し訳ない」

サインを終えた愛が彼を振り返り、にっこりと微笑む。

「お前ら、勤務時間中にサインなんてもらってるんじゃない」

斎藤はぼうっとしている受付を怒鳴ったあと、鋭い目を愛へと向け、憎々しげな声で問いかけてきた。

「用事はなんだ？　事と次第によってはタダじゃおかないぞ」

怖い。斎藤の外見と相俟《あいま》って、彼が睨みを利かせているときは本当に怖い、と僕はひっそりと首を竦めつつ、久々に見る斎藤の姿を愛の後ろからこそっと観察した。

身長は百九十センチ近くあるんじゃないかと思う。ガタイがいい、というよりはスラッとした印象の身体を、ダークスーツに包んでいる。髪型はオールバック。きっちりと整えられていて、隙《すき》というものが一つもない。

眼光鋭い目は一重で、眉と目の間が狭いため、睨まれると本当に怖い。鼻筋も通っているし、唇もやや薄いものの形もいいので、世間的には充分二枚目で通るはずなのだが、とにかく目つきと口調が怖くて、噂によると三十半ばにして未《いま》だ独身とのことだった。

「怖い顔しないでくださいよ」

だが斎藤の睨みも愛には通用しないらしく、にこやかに微笑みながらなんと、彼に向かい右手を差し出す。

「久し振りです」

「用件は」

握手のつもりで差し出した愛の手を一瞥《いちべつ》しただけで斎藤はまた視線を戻すと、鋭い眼光を愛の顔に向けながら短くそう問うてきた。

「挨拶《あいさつ》くらいさせてくださいよ」

愛は苦笑したあと、少し声を潜め、斎藤に一歩近づいてから小声でこう言葉を発した。

「実は調べていただきたいことがあるんです。警察の力を借りないと少々難しいことでして」

「警察はテレビ局の調査機関じゃないんだよ。とっとと帰れ」

斎藤は冷たく言い放つと、踵《きびす》を返しかけた。その背に愛が声をかける。

「殺人事件の疑いがあるので、調べてほしいという話なんですけど」

「なんだと？」

斎藤の足が止まり、相変わらず厳しい目をした彼が愛を振り返る。

殺人事件？　驚いているのは斎藤だけではなかった。

「話、聞いてもらえます？」

僕もまた非常に驚きながら、斎藤に対しニッと笑いかける愛の後ろで、いつの間に自分たちは殺人事件を調べていたのだろうと、一人、首を傾げまくっていたのだった。

4

斎藤は渋々といった感じで愛と僕を会議室へと連れていった。めざとく愛を見つけた事務員がコーヒーを淹《い》れて持ってきてくれたのを「いらん」と冷たく追い返し、僕らと向かい合わせに座るとやにわに彼は質問を始めた。

「殺人事件ってなんだ」

「過去に殺人が行われたかもしれないんですよ。杉並の猫屋敷の取材中、気になることがありまして」

「猫屋敷？　近隣トラブルか？」

「いや、トラブルではないんです。猫屋敷の持ち主は老人ですが、隣の家の夫婦がかわって猫の世話をしているので、トラブルは今のところ回避できているとかで」

「そりゃよかった……が、殺人事件はどうした？」

どこで出てくるのだ、と斎藤が苛ついた口調で問いを挟む。

「その夫婦の――夫の母親が、半年前に姿を消しているんですよ」

「え？」

遠方の施設に無理矢理入れられたという話ではなかっただろうか、と思わず声を上げた僕をちらと見やり、愛が言葉を続ける。

「遠方の施設に入れられたということになっているようなんですが、それが本当か、本当ならどこの施設なのかを調べてもらえないでしょうか」

「被害者はその母親だというんだな。で、そう思う根拠は？」

斎藤の問いは僕の抱いていた疑問そのもので、どうしてそう思ったんだ、とつい愛の顔に注目してしまった。

「猫の世話を焼き始めたことです。最初から説明しますね。まず、猫屋敷の持ち主は沢村さんという老女です」

愛はそれから、今日、僕らが見聞きしたことを簡単に斎藤に説明した。

一人暮らしの老女、沢村が、捨て猫や野良猫を家に連れてくるようになったこと、行政が入らねばならないかとなった頃に、隣の家の嶋田という夫婦が猫の世話を買って出てくれたこと、おかげで被害が減ったことを喜んだ嶋田の隣の家の主婦、江原が愛の番組に投稿してきて、その『美談』を取材しに行ったところ、嶋田本人から取材を拒否されたこと
――と、ここまで話を聞いた斎藤が、

「取材拒否された恨みかよ」

と突っ込んできたが、その突っ込みは僕の心にも浮かんだものだった。

「取材拒否なんてしょっちゅうですから。いちいち恨んでなんかいられませんよ」

愛が苦笑し、話を戻す。愛にそのつもりはないのだろうが、斎藤は馬鹿にされたと思ったようで、彼の身体から今までも充分に放たれていた苛々オーラがますます色濃くなったのがわかった。

それに気づいているのかいないのか、愛が話を続ける。

「とにかく、嶋田美沙子の姑が本当に施設に入れられているのか——今、無事でいるのかを早急に確認してほしいんです。死亡届が出されているということはまず、ないとは思いますが、その確認もお願いします。あとは、嶋田家があの家を処分する予定ではないかということも」

「殺されているという根拠は？」

斎藤が憮然とした表情で、再度愛に問う。

「ですから猫屋敷の世話を始めたことです」

「猫屋敷に埋めたってか？」

斎藤が呆れた顔で問うてくるのに、愛が「そうです」と頷く。

「沢村さんが猫を集め始めたのは一年以上前とのことです。その時点では放置だったのに、約五カ月前から、嶋田夫婦が世話を始めている。なぜか。半年前に、夫にとっては母親を、美沙子にとっては姑を殺害し、遺体を自宅に隠していたのではないか。殺した実母と一つ屋根の下で暮らすのは夫にとって辛すぎた。嶋田の家は狭小住宅で庭がないんですよ。埋める場所がない。それで夫がノイローゼのような状態になってしまったため、遺体を隣の家の庭に埋めることを考えたのではないか……と、推察しています」

愛の説明を聞き、背筋が寒くなった。殺人を誤魔化すために、猫屋敷の世話を始めたって？　確かにあの臭気は、遺体の臭いをも誤魔化してくれるだろう。しかも猫屋敷の主はボケており、親族の行方もすぐにはわからないような状態である。

夫に対し、精神的な安定をもたらすためにはまず遺体を処分したあと、家を売り、現場を離れる。嶋田美沙子がそのような計画を立てていると愛は想定しているらしい。

今日、取材はすべて愛と共に行っていた。が、僕は愛が考えたようなことを思いつきもしなかった。

話を聞けば、そういえば、と思い当たることはある。嶋田夫が元気になったのは、実母の遺体を隣の家の敷地内に埋めることができたから。ちらと見た嶋田家には、確かに庭はなかった。遺体があったとしたら、おそらく押し入れにでも隠していたのではないかと思われる。

そんな事情があるなら、取材を拒否したい気持ちもわかる。なるほどね――と納得したのはどうやら僕だけだったと、次の瞬間、思い知らされることとなった。

「妄想だ」

あまりにあっさりと斎藤はそう言い放つと、わざとなんだろう、敢えて大きな音を立てて席を立った。

「具体的な証拠が出てから、言ってこい」

「じゃあ、テレビで先に発表してもいいですね？」

愛がにっこり、と斎藤に笑いかける。

なるほど。

この訪問が何を意味するかを僕は今の瞬間、察した。要は、筋は通した、と、それを明らかにしておきたかったのだろう。

「好きにしろ。恥をかくだけで終わるだろうがな」

斎藤が、愛の思うがままの言葉を口にし、立ち去ろうとする。その背に愛が声をかけた。

「嶋田さんの生死だけは確認、お願いしますね。住所は杉並区南阿佐ケ谷《みなみあさがや》二の……」

「知るか」

振り返りもせず斎藤が立ち去っていく。

「『知るか』と言いつつ、調べてくれるのが斎藤警部補なんだよな」

ふふ、と愛は笑うと僕へと視線を向け、

「それじゃ、帰ろうか。竹之内も仕事があるんだろ？」

と、あまりに思いやりのあることを言い、余程機嫌がいいんだなと悟らせてくれた。

帰る途中、そういえば、と僕は疑問を思い出し、愛に問うてみることにした。

「最初から嶋田さんが姑を殺害したと睨んでいたのなら、なんで市議の今井さんを調べさせたんだ？」

「今井さんも一枚嚙《か》んでる可能性も、低いとはいえナシじゃない。確認したかったのさ」

愛の答えに、なるほど、と頷いたところに、携帯の着信音が響いた。

「出てくれ」

愛が携帯を僕に手渡す。

「噂をすれば……の今井さんだろう」

愛の言うとおり、ディスプレイには今井の名が浮かんでいた。

「はい。愛の携帯です。本人は運転中なので代わりに私、竹之内が応対しています」

よくあることなので、すらすらとこの言葉が出る。

『今井です。先ほどお会いした……』

「今井さん、ご連絡ありがとうございます。先ほどはありがとうございました。取材の件ですか？」

愛の代わりに問いかけると、今井は、

『そうなんです』

と弾んだ声を出した。

『取材許可、取れました。明日でも明後日でも大丈夫です。沢村さんご本人からは話は聞けないかもしれませんが、私が立ち会い、状況を説明したいと思います』

今井の言葉を愛に伝える。

「杉下《すぎした》さんたちと予定を合わせ、日程を組もう。すぐ折り返すと伝えてくれ」

「わかった」

言われたとおりを今井に返し、電話を切ると、僕は愛の携帯でカメラマンの杉下に電話をかけた。

「すみません、竹之内です。チーム愛、明日か明後日、動けますかね？」

『明日でも明後日でも大丈夫だ。場所は？　都内か？』

応対に出た杉下は即答すると、取材場所を問うてきた。

「都内です。杉並区」

『なら早朝から深夜までオッケーだと愛さんに伝えてくれ』

言われたとおりを愛に伝えると、

「多謝！」

との返答があったので、それをそのまま杉下に伝えた。

『で、時間は？』

調子がいいなと苦笑しつつ、杉下が問いかけてくる。

「明日？　明後日？　どうする？」

「明日の午後三時にしよう」

愛は少し考えたあと、取材の時間を決め、僕に伝えてきた。

「わかった」

頷き、明日の午後三時、と杉下に伝える。

『承知した』

杉下との通話を終えると僕はすぐさま今井市議に電話をし、明日の午後三時、と取材日時を伝えた。

『わかりました。待機しておきますね』

今井が返事をし、僕は礼を言って電話を切ろうとしたのだが、ここで愛が唐突とも思える発言をしたのだった。

「取材の日時については口外無用でお願いしたい。沢村さんに対しても、だ」

「あの、申し訳ないんですが、取材日時については内密にお願いできますか？　沢村さんにも伝えないでいてほしいとのことです」

なぜだ？　と思いながらも、電話を切りそうになっていた今井に慌てて伝える。

『え？　ああ、騒ぎになると困るからですね。わかりました』

理由を聞かれたらどうしようと案じていたが、今井は勝手に解釈してくれ、それでは明日午後三時、と確認をしてから電話を切った。

「騒ぎになるから……じゃないよな？　どうして口止めしたんだ？」

電話を切ってから愛に問う。と愛は、僕の質問に答えることなく、

「もう一件、電話してくれ」

と新たな指示を与えてきた。

「どこに？　あ、池田プロデューサー？」

そのくらいしか思いつかない、と問いながら、多分正解だろうと番号を呼び出した僕の耳に、

「不正解だ」

という愛の、意地悪としかいいようのない声が刺さる。

「斎藤警部補だよ。多分、応対には出てもらえないから、留守電に取材日時を残してくれればいい」

「いつの間に携帯番号ゲットしたんだよ？」

サ行で呼び出すと確かに『斎藤警部補』の名前があった。驚きながらも言われたとおりに電話をかけ、やはり言われたとおり留守電になったので、メッセージを残す。

「ありがとう。これで終了だ」

愛がにっこりと笑い、ちょうど赤信号で車を停めたところだったので、スマホを返せ、というように手を伸ばしてくる。

「帰ったら計画を練ろう。嶋田夫婦の情報を収集するにはどうしたらいいか。変装して出かける必要が出てくるかもしれない。竹之内も協力してくれ。申し訳ないが僕は顔が売れているから。バレたときに問題になる可能性大だからね。悪いが頼んだよ」

「…………わかった」

全然『悪い』なんて思ってないくせに――と言いたいのをぐっと堪《こら》え、頷いたのは、僕自身、この件に関し、抑えられないほどの興味を覚えてしまっていたからだった。

果たして愛の推理は正しいのか。その推理を披露するのに彼はどんな手を使おうとしているのか。もしも正しいとなると『殺人事件』であるため、こういう言いかたは甚《はなは》だ不謹慎ではあるが、わくわくしてきてしまっている自分がいる。

「さて急ごう」

信号が青に変わったのを見て、愛が車を発進させる。ちらと見やった彼の横顔は実にやる気に溢《あふ》れる表情を浮かべており、彼もまた浮き立っているらしいと僕に知らしめてくれたのだった。

翌日午後二時五十分。僕らは『チーム愛』がいつも使っている黒塗りのバンで沢村家の前に乗り付け、午後三時から開始する撮影の準備をしていた。

「猫屋敷か。猫、好きなんだよな」

カメラマンの杉下雄真《ゆうま》は、レスラーと言われれば信じてしまうほどにガタイのいい大男である。筋骨隆々《きんこつりゅうりゅう》としているがそれは趣味がボディビルだからで、見かけ倒しの筋肉だと自ら明かしている。

嬉しげな様子の彼の横で、

「犬のほうがいいなあ」

と口を尖《とが》らせているのが、『チーム愛』の紅一点、音声担当の三島由梨恵《みしまゆりえ》で、ボーイッシュな容貌で、きちんと化粧をすれば絶世の美女となるのだが、常に化粧っ気がないために、少年と間違われることも多い。が、実は三十をゆうに超している。

愛の番組では女性を使わないというのが不文律となっているのに、撮影隊に彼女が入っているのは、その性的指向によるためだった。早い話が、三島の恋愛対象は女性に限られているのである。

「どっちにしろ、二十匹もいれば臭いよな。車の中まで臭ってくる」

憂鬱そうな顔でそう告げたのは、照明担当の八重樫智《やえがしさとる》だった。身長は百七十二センチの僕とそう変わらないし、細身の身体の持ち主なのだが、重い照明機材をどこまでも、そして何時間も掲げ続けることができるその体力には感心せずにいられない。

驚くのは年齢で、見た目は三十代半ばだが、実は五十近いというタフガイなのだった。

「これだけ明るきゃ、照明は必要ないだろう。当面は車で待機でいいよな？」

八重樫の問いに愛が「勿論」と頷く。

「家の中を撮るときと、あとはまあ、クライマックスかな。それまではのんびりしていてください」

愛は笑顔でそう告げると、杉下と三島、それに僕に「行こう」と声をかけ、バンを降り立った。

「どうも、お疲れ様です！」

門の前にいた市議の今井が満面の笑みを浮かべ、僕らに近づいてくる。彼の横には番組のホームページに情報を寄せてくれた江原もいて、口止めをした甲斐がなかったか、と僕を脱力させてくれたのだった。

「すみません、江原さんにはやはり、お声をかけるべきかと思いまして……」

顔に出したつもりはなかったのだが、僕の表情から今井は心情を推察したらしく、バツの悪そうな顔で頭を掻《か》きつつそう言葉を足した。

「私、誰にも喋っていませんよ。勿論、沢村さんにも、それに、嶋田さんにも」

大丈夫です、と胸を張る江原は、テレビに映る気満々の服装をしていた。今井も同じく、である。

果たしてこの二人が画面に映る際、顔出しを要求するだろうか。おそらくそんな呑気《のんき》な状況にはならないだろう。心の中で、やれやれ、と溜め息をついていた僕の前では、愛がにこやかに話し始めていた。

「今日はありがとうございます。江原さんにご参加いただくのはまったく問題ないですよ。それでは撮影に入りましょうか」

「そうですね。それじゃ、こちらへどうぞ。沢村さんには声をかけておきましたんで」

今井がそう言い、門を入ろうとする。と、そのとき背後から、女性の金切り声が響いた。

「ちょっと、何してるんです？　取材なら昨日、断ったはずでしょ！」

振り返るまでもなく声の主が嶋田であることはわかっていた。

「違うんですよ、嶋田さん。これは沢村さんの『猫屋敷』についての取材で、許可はちゃんと沢村さんから取ってます」

愛や僕が何を言うより前に、すかさず今井のフォローが入る。

「何が許可よ。沢村さん、ボケちゃってるの、知ってるくせに。わけがわからないでいるのをいいことに、『許可取った』とか言ってるだけでしょ」

嶋田の剣幕たるや、物凄《ものすご》かった。怒りが過ぎるからか、目がつり上がり、まるで狐《きつね》のような顔になっている。

「いいや、ボケちゃいませんよ。娘さんと連絡が取れるかもしれないと言ったら、喜んで引き受けると言ってくれましたよ」

「嘘《うそ》よ！」

「嘘じゃありませんよ」

端から『嘘』と決めつけられ、さすがに今井もむっとしたらしい。

「とにかく、取材の対象は沢村さんで、あなたじゃないんです。沢村さんが受けると言ったものを、あなたが断れるもんじゃありませんよ。あなた別に、沢村さんの代理人ってわけじゃないでしょう?」

「そもそも、取材は私が猫の世話をしていることについてだったはずよ。それを私が断ったんだから、話はそこで終わってたはずだわ」

「わからないな。どうしてそんなに嫌がるんです? あなたの名前は出しませんよ。親切なご近所さんがかわりに猫の世話をしているという話題を出そうかと思ってましたが、そこまで嫌がるならやめておきます。それでいいでしょう?」

今井はそう言うと、嶋田が尚も言い返そうとするのを無視し、愛に声をかけた。

「申し訳ありません、なんだかゴタゴタしてまして。さあ、どうぞ」

「ちょっと! 今井さん!」

嶋田は喚《わめ》いていたが、先ほどより大人しくなったのはどうも、『そんなに嫌がる』理由を説明できないからではないかと思われた。

「話は終《しま》いです」

今井が冷たく言い捨て、愛と撮影隊を中へと導こうとする。

「でしたら私も立ち会います!!」

と、何を思ったのか、嶋田がいきなりそう主張し、共に中へと入ろうとしてきた。

「嶋田さん、いい加減にしてくださいよ」

今井がうんざりした顔になる。と、それまで今井に応対を任せていた愛が、ここで口を開いた。

「今井さん、いいじゃないですか。嶋田さんは毎日、猫の世話を焼きに、沢村さん宅に通ってらっしゃるんですから、何かと勝手もわかっているでしょう」

「ですが……」

今井が渋ったのは、嶋田が取材を妨害する気ではないかと案じたからのようだ。僕もまた同じことを思っていた。そのくらい嶋田の顔にはどこか思い詰めたような表情が浮かんでいたのだ。

「生放送ではないので、何が映ろうと編集できますから」

にっこり。心配そうな顔をする今井に、愛が華麗な笑みを浮かべてみせる。

その笑みを見て、『ほわあ』というような声を上げたのは、今井の隣にいた江原だった。

「愛キャスターがそう仰《おつしや》るなら、それでいいじゃないですか」

江原の目がハート型になっているのがわかった。もしや、嶋田も、とこっそり窺ったが、彼女の表情は固いままで、ますます厳しくなった目で愛を睨んでいた。

全国の奥様を虜にせずにはいられない愛の微笑も、嶋田には効果がないということか、と頷くと同時に、もしや、と別の可能性に気づく。

『何が映ろうと編集できますから』

愛のあの言葉はもしや、嶋田を揺さぶるために告げたものではないか。

映ってはいけないもの。映るはずのないものが、この家にはあるというようにも聞きようによっては聞き取れる。

嶋田に愛の意図がわかっているかとなると、わかっていない可能性のほうが高そうだが、自分の犯した罪の発覚を恐れているのは間違いない。

やはり愛の読みは正しかったということなのかもしれない。そんなことを考えていた僕の耳に、愛の少々呆れた声が響いた。

「竹之内、ぼんやりしている暇があったら、杉下さんを手伝ってくれ」

「あ、わかった」

確かにぼんやりしている場合じゃなかった、と首を竦め、撮影の準備を始めた杉下へと向かう。

「毎度のことながら、スリリングだねえ」

杉下がこそりと僕に囁《ささや》き、にやりと笑う。明らかに楽しんでいる様子の彼に僕は「怒られますよ」と囁き返したのだが、愛に怒られたのは僕だった。

「こそこそしない。行くぞ」

「はい。すみません」

愛は『チーム愛』のメンバーに対し、物凄く気を遣うし金も使う。能力の高い彼らをほぼ独占しているのだから、それなりの報酬を払うのも当然なら敬意を払うのも当然だということを、僕は何度も愛本人の口から聞いたことがあった。

チームを大切にする分の皺寄せがなんとなくすべて僕に向かっているような気がしなくもないのだが、たとえそうだとしても、僕は彼らのようなその道のエキスパートではないので、仕方ないっちゃないだろう。

素直に謝り、杉下と共に愛のあとに続いて門の中へと入り、続いて玄関から家の中に入る。

門の外にも、まるで動物園のような臭いが立ちこめていたが、家の中は更に臭かった。玄関を入ったところは廊下になっていたが、そこで既に二匹の猫を発見する。

僕らを見て、奥へと駆け込んでいった猫たちのあとに続くようにし、今井が廊下を進んでいきながら、この家の主に呼びかける。

「沢村さん、取材が来たよ。昨日話した愛キャスターだよ。知ってるだろう？」

奥に進むにつれ、獣臭はますます強くなった。マスクをしたいが、誰もしていないので躊躇《ためら》っているうちに奥の部屋へと到着する。

「………」

うわ、と声を上げそうになったのは、畳敷きのその部屋に、咄嗟《とっさ》には何匹と数え切れないほど、猫が存在していたからだった。

僕らの姿を見て、一斉ににゃあにゃあと鳴き始め、そこかしこに動きまくる。

部屋の隅《すみ》に、壁を背にして座っている老女がどうやら『沢村さん』であるらしい。彼女の周囲もまた、猫、猫、猫で、今井が近づいていくと数匹が、シャーッと攻撃態勢に入った。

「沢村さん、愛キャスターだよ」

今井が再び、愛の名を口にする。

「ああ、二十三時二十分の男だね」

猫を三匹抱いていた老女がそう言ったかと思うと、愛へと視線を向けてきた。

「あらまあ、本物はテレビで観る以上にイケメンだねえ」

随分しっかりしてるじゃないか。ボケているとはとても思えない。感心していた僕の横から、江原がこそりと囁いてくる。

「まだらなんですよ。今日はしっかりしてるけど、何言ってるのかまったくわからないときもあるから」

「そうなんですか」

囁き返した僕の前では、愛が沢村に笑顔で話しかけていた。

「ありがとうございます。ところで沢村さん、猫、お好きなんですね。今、何匹飼ってらっしゃるんですか？」

「何匹かねえ。二十匹以上はいるね。でも三十匹はいないだろう。餌代だけで年金なくなるけど、お腹《なか》空かせたままじゃ、可哀想《かわいそう》だしねえ」

「本当に今日はしっかりしてるわ。愛さんに会えて、テンション上がってるのかしら」

感心したようにそう呟く江原に、そうなんですか、と相槌を打とうとしたそのとき、愛が部屋を突っ切り、縁側へと向かった。

「ここから庭に下りていいですか？　庭にもたくさん、猫、いますね」

「ウチの子たちは外遊びが好きだからね。たくさんいるよ」

相変わらず沢村の意識ははっきりしているようで、普通に会話が成り立っている。これが『愛効果』だとしたら本当に凄いな、と感心していた僕は背後から勢い込んでやってきた嶋田にぶつかられ、よろけてその場に尻餅《しりもち》をついた。

「いて」

「ちょっと！　それ、私のサンダルよ！」

愛がつっかけようとしているのが、どうやら嶋田の私物らしい。だからってそんな剣幕で向かっていかなくてもいいじゃないか、と痛む尻を擦りながら立ち上がった僕に、愛がかけてくれたのは、労《いたわ》りの言葉ではなく指示だった。

「竹之内、僕の靴を玄関から持ってきてくれないか？」

「我々は外から回ろう。建物の外側から庭に出られそうだったから」

カメラマンの杉下が音声の三島に声をかけ、二人して玄関へと向かう。そのあとに僕も続くと、愛の分と自分の分の靴を手に再び部屋へと戻った。

既に嶋田は自分のだというつっかけを履き庭に下りていた。仁王《におう》立ちになり、愛を睨んでいる。

「サンダルくらい、貸してやればいいのにねえ。困った子だよ、まったく」

ねえ、と沢村に話しかけられ、愛想笑いを返したものの、とても子供には見えない嶋田を『子』呼ばわりするということはもしや、自分の娘と勘違いしているのではないかという可能性に気づいた。

　となるとやはり、ボケているということだろうか。そんなことを考えていた僕の手から、愛が笑顔で靴を奪う。

「ぼんやりするなって言っただろう？」

　笑みは浮かべていたが、目は笑ってない。どうも今回、愛の僕に対するアタリは必要以上にキツい気がするな、と首を竦めつつ「すみません」と謝った僕に対し、愛は一瞬、意味深な笑みを浮かべたあと、靴を手に縁先へと向かった。

「広い庭ですね。猫ちゃんもだけど、お嬢さんの格好の遊び場なんじゃないですか？」

　縁側に座り、靴を履きながら愛がそう言い、沢村を振り返る。

　過去形ではなく現在形を使ったということは、愛もまた僕同様、沢村が嶋田のことを『娘』と勘違いしていると踏んでいるようである。

「そうなんだよ。もう、猫と一緒に庭で泥だらけになって遊んでて。それも夜中にだよ。大きな落とし穴を掘ってるから、猫が落ちたら危ないだろう、と怒ったらすぐに埋めたけど、本当にもう、何を考えているんだろうねえ」

「沢村さん、ボケちゃってるのよ。わけのわからないこと、言ってるだけだから！」

　と、ここで嶋田が先ほどのような金切り声を張り上げたものだから、驚いたあまり思わず彼女に注目してしまった。

「いや、そこに穴、掘ったあとありますよね。しかもかなり大きい」

言いながら愛が庭を突っ切り、隣家との境となっている塀へと向かっていく。

既に杉下はカメラを構えていた。三島もマイクを構え、音を拾おうとしている。

「猫のトイレ砂を埋めてたの。臭いから！　二十匹以上いるとトイレ砂の量も半端じゃないの！　映さないでよ。もう！」

嶋田が尚も高い声を上げるのを、沢村が制する。

「静かにおしよ、玲子《れいこ》。あんたは怒りっぽいのがいけないねえ」

「………」

嶋田の名前は確か『美沙子』で『玲子』ではない。やはり実の娘と思い込んでいるようだ。となると庭に穴を掘ったのも彼女ということになろう。

一体何のために穴を掘ったのか。本当に言葉どおり、猫のトイレ砂を埋めるためか。それとも愛の予想どおり、何か他のものを埋めるために掘ったのか。

思わず彼女の表情に注目してしまっていた僕の耳に、愛のわざとらしい驚きの声が響く。

「おや？　何か少し、違和感ありますね。やたらと土が盛り上がっているというか……あ、なんか土の中から覗いてますね。ちょっと掘ってみましょうか」

そう言ったかと思うと愛が僕を振り返ったものだから、うそだろ、と思わず目を伏せた。

「お願いします」

だが愛は容赦なく僕に命じ、じろ、と睨んでみせる。

冗談じゃない。愛の読みが正しかった場合、下に埋まっているのは死体ということになる。死体を掘り起こすなんて、ハードル高すぎるんですけど。

なんとか回避できないかとおろおろしていたところ、見かねたらしい杉下が、来い、と手招きしてくれた。

「力仕事は俺がやろう。代わってくれ」

「……ありがとうございます」

杉下は本当に面倒見がいい。彼も愛に説明され、そこに何が埋まっていると思われるか、知っているはずであるのに、代わってくれるだなんてありがたすぎる。

感動してしまいながら僕は杉下からカメラを受け取り、愛に向けて構えた。実は愛がこの種の無茶ぶりを僕にしてくるのはこれが初めてじゃない。そうしたときに僕が今日のように固まってしまっていると、代わってやる、と、杉下が声をかけてくれるのだ。

その間のカメラ操作は僕が担当することになる。何回かやっているうちに、やり方を覚えてしまった。

スムーズに引き継ぎを終えた僕らを見て、愛がやれやれ、というような溜め息をつく。本当にお前は使えない、と言いたいのだろうが、カメラを向けると条件反射なのか笑顔になった。

「それでは掘ってみましょう。ちょうどいい、あそこにスコップがありますね」

愛がカメラに向かってそう言ったときには、既に杉下は近くの梅の木に立てかけられていたスコップを手に取っていた。

「ちょっと、何考えてるのよ。他人の家の庭を掘るなんてっ」

嶋田が喚き出したが、ここは彼女にとっても『他人の家』のはずである。そう愛が突っ込むより前に、本来の持ち主である沢村が口を開いた。

「いいよ、掘りたいってもん、掘ってもらおうじゃないか。あんたもさんざん掘っただろう？」

「沢村さんっ」

その瞬間、嶋田がぎょっとした表情となり、沢村を見る。

「まさかあなた、わかってて……」

そこまで言い、絶句した嶋田に対し、沢村はそっぽを向いている。その間に杉下が地面が少し盛り上がっている部分にスコップを突き立てた。

「ん？」

訝しげに杉下が首を傾げる。愛に目で、彼を撮れ、と合図され、慌ててカメラを向けると、杉下は一度スコップにのせた土を脇へと零《こぼ》したあと、撮れ、というように下を向き、言葉を発した。

「何か、硬いものにスコップの先が当たったんだが」

「硬いもの？　なんでしょう」

愛がわざとらしいとしかいいようのない『不審げな声』を出し、カメラを地面に向けろ、と僕に合図を送る。

死体を掘り起こす役目も辛いが、それをカメラに撮る役目も充分辛いな、と思いつつ、僕がカメラを地面に向けたのと、嶋田がいきなり駆け出したのが同時だった。

「え？」

無意識のうちにカメラで彼女の後ろ姿を追っていたその画面に、見覚えのある男を先頭にし、どうやら門から建物の脇を通り抜け、庭へと到達したらしい一団が写り込んできた。

「警察だ！　嶋田美沙子さんですね？　日本全国の施設を調べましたが、嶋田サチさんを受け入れたというところは見つからなかった。そのことについて、少々話を聞かせてもらえませんかね」

斎藤が嶋田を厳しい目で睨みつつ、きつい語調でそう告げたあとに、ようやくカメラに気づいたらしく、不快さ全開の顔になる。

「おい、撮るな」

「そうだ、竹之内。撮るのはこっちがいいよ」

背後から愛に声をかけられ、振り返った僕の目に飛び込んできたのは、いつの間に掘り進めていたのか、杉下の足下の地面が浅く掘り下げられていたのだが、そこには明らかに何かが入っていると思《おぼ》しきビニールシートが埋められていた。

「知らない！　知らないわ！」

喚く嶋田を、刑事たちが引き立てていく。

「一体、何が埋まっているというのでしょう」

レポートする愛に斎藤が厳しく注意を促す。

「撮影は終了だ。ここからは警察の仕事となる」

「今のところで映像は切ります。斎藤警部補、迅速《じんそく》に動いてくださりありがとうございました」

愛が笑顔でそう言い、斎藤の前で頭を下げる。

「不本意だ」

言葉どおり、本心から不本意であることが窺える斎藤は、今や、苦虫を噛み潰《つぶ》したような表情を浮かべていた。

「さあ、撤収しよう」

そんなことはお構いなしとばかりに愛が杉下や僕に笑顔を向けたあと、一連の出来事を呆然《ぼうぜん》として見つめていた市議の今井と投稿者の江原に対し、実に申し訳なさそうな表情となり頭を下げる。

「本来の取材からはかなりかけ離れた内容となってしまいました……が、お二人のおかげで闇《やみ》に葬《ほうむ》られそうになっていた犯罪が露呈したのは事実です。このたびのご協力、本当にありがとうございました」

「……犯罪って……もしや、そこに埋まっているのは……」

最初に気づいた今井が、青ざめながら確認を取ってくる。

「……え？」

それを聞き、ようやく理解したらしい江原が、次の瞬間悲鳴を上げた。

「うそでしょー‼　し、死体？　死体が埋まっているの？　嶋田さんちのおばあちゃんが？　うそーっ」

叫んだ直後、江原が白目を剝《む》き、その場に崩れ落ちる。

げた。

「だ、大丈夫ですか、江原さん」

慌てて介抱に走る今井を横目に、愛は沢村へと近づいていくと、彼女の前で深く頭を下げた。

「お騒がせしてしまい、申し訳ありませんでした」

「本当だよ。猫たちがすっかり、怖がってしまってるじゃないか。とっとと帰っとくれ」

顔を顰め、しっしっというように手を振る沢村に、愛は再び深く頭を下げ、踵を返した。

「……よかったよ。これで成仏《じょうぶつ》できるだろ」

ぼそり、と彼女が呟いた声は、僕にはこう聞こえた。愛にも当然、聞こえているだろうに、彼は振り返ることなくこの場を離れていった。

彼女は、ボケてなどいないのではないか。すべてわかった上で、嶋田に世話を焼かれていたのではないだろうか、という考えが僕の頭に浮かぶ。

犯罪を摘発するにはどうしたらいいか。下手をすれば自分も命を奪われるかもしれない。日々、恐怖にとらわれながら彼女は過ごしていたのでは――?

そういったことを確かめたいと、愛は思わないのだろうか。敢えてそこはスルーなのか。疑問を覚えていたため、その場で立ち尽くしてしまっていた僕に、愛が厳しい声をかけてくる。

「何してる、竹之内。撤収だ」

「撤収！」

杉下が大きな声を張り上げ、ずんずんと庭を突っ切っていく。

「あ、はい」

一人この場に残されても困る。それで僕も慌てて走り出したのだが、果たしてこの撮影は番組でどのくらい使えるんだろうかという疑問を抱かずにはいられなかった。

5

『今週の特集は、猫屋敷に隠されたおぞましい犯罪、犯人逮捕の瞬間をお伝えしました』

沢村宅に嶋田夫婦が母親の遺体を埋めた事件は、その週の金曜日の二十三時二十分から始まった『イブニング・スクープ』の目玉となった。

きっと視聴率もいいんだろうなあ、と思いながら僕は、沈痛な面持ちで言葉を続ける愛の姿を画面越しに眺めていた。

『遺体が埋められていた家で一人暮らしをされていたかたは、今回の事件を機に娘さんとコンタクトが取れるようになったとのことです。また、二十匹を超える猫については、市議をされている今井さんが先頭に立ち、地域住民の皆さんで保護を続けられていくそうです』

『最初に話を聞いたときには美談だと思ったんですが、まさか死体を隠すために猫の世話をしていたとはねえ』

番組アシスタントのもと大学教授、間もなく八十歳を迎えようとしている進藤一臣《しんどうかずおみ》が、やれやれ、というように溜め息をつく。

『犯人宅には庭がないので、遺体を家の中に隠すよりほか、道はない。自分の母親の遺体と一つ屋根の下で過ごさねばならないことに対し、夫が精神的に耐えられなくなった。それで隣の家の庭に埋めようと思いついたのだということでした。二十匹を超える猫ともなると臭気もそれなりですし、誤魔化せると思ったようです。しかし、この世に暴かれない犯罪はありません。あってはならないのです』

　愛が熱っぽい口調で、カメラに向かい話しかけている。

『これからも我々は、こうして闇に葬られかけている事件を掘り起こし、その罪を白日《はくじつ》のもとに晒《さら》せるよう、尽力したいと思います』

　愛が真摯《しんし》な口調でそう告げたあと次なる台詞《せりふ》を口にする。

「来週の特集は、今週お伝えすることができなかった神戸の事件についてです。それでは今週はこの辺で。おやすみなさい」

　テーマ曲が流れ、カメラが引きとなる。終わった、とテレビの電源を落とした僕の口からは溜め息が漏れていた。

　犯人逮捕の瞬間をとらえた、まさに大スクープということで、池田が一度NGを出した、政治家絡みの神戸の事件の後追い取材を認めたらしいとわかったためである。

明日から神戸に取材に行くと、帰宅早々愛は言いだすに違いない。となると今日中に原稿を仕上げる必要が出てくるが、無理なんだよなあ、と天を仰いでしまいながらも僕はテレビの前を離れ、自分のデスクへと向かった。

パソコンの画面の中、自分の書いていた原稿を読み返す僕の口から、またも溜め息が漏れる。

かなわない。

僕の書いている話は現実の出来事とはまるで違う、僕の頭の中で生まれた世界、いわば想像力の結晶だ。なのでどんな突飛な事件を起こすこともできるし、それをどんなに華麗な推理さばきで解決させることもできる——はず、なのだ。

僕が書いている話より愛が解決した『現実の』事件のほうが確実に面白いってどういうことなんだろう。

これじゃダメだ、と落ち込むも、締め切りは間もなくの上、明日から取材に付き合わされるのであれば書かなくちゃとは思うものの、なかなかキーボードに置かれた手を動かすことができない。

思えば僕が『これはいける』と思い、新人賞に応募した作品は、高校時代のスキー教室の際に起こった、事件ともいえないような出来事を、愛がまたたくまに解決した、そのことを思い出し、原型がわからないくらいにアレンジして書いたものだった。

探偵役は女性にしたが、キャラクターは『愛』そのものだった。選考の評で『こんな完璧な人間はいない』とマイナスがついており、実際、いるんだけれどなと不満を覚えたものの、そう主張する勇気はなかった。

現実に存在する、一見——あくまでも『一見』で、付き合いが深くなると欠点も見えてくるのだが——パーフェクトな存在である愛が事件を解決するさまを、僕はこの一年の間に何度も目の当《ま》たりにしてきた。それはあくまでも『現実』であるのだが、僕の考える『現実』というか『日常』からはかけ離れた展開で、自分の書く推理小説より断然面白いのだ。情けないことに。

愛からは、自分がかかわった事件について、ある程度ぼかせば別に、小説のネタにしてもらってもかまわない、と言われてはいる。

「竹之内にもそのくらいのメリットがないと、やってられないだろう？」

ただ、訴訟ネタになるのは勘弁だから、と釘を刺されているとはいえ、今回の件も小説にしたらさぞ面白いものになるだろうが、それだけはやっちゃいけないと、思ってしまうのだ。

なんだろう——プライド？　なのか？

デビューのきっかけとなった作品で、愛のことを参考にしてしまったというのに、今更、という悪魔の囁きに何度流されそうになったかわからない。

が、自分が一生の仕事にしたいと思っている小説については、他人の力は借りず、自分の実力のみで勝負をしたい、と思うのだ。

意地を張ることはないのかもしれないが、と溜め息をついたところで、インターホンのチャイムが鳴る音がした。

「はーい」

画面を見ると何も映っておらず、どうやら愛が帰宅したことがわかる。

しまった、今日は打ち上げで盛り上がると思い、風呂の仕度もしていなければ酒のつまみも作ってない。きっと笑顔で嫌みを言われることだろうと覚悟しつつ、玄関のドアを開くと僕は、

「おかえりなさいー。ご飯にする？　お風呂にする？　それとも」

と、いつものボケで、今日も愛を迎えたのだった。

信じる者は救われる

「なあ、今、擦れ違ったの、綾部《あやべ》じゃないか？」

Nテレビでの池田《いけだ》プロデューサーとの打ち合わせのあと、愛《あい》と僕は事務所兼自宅に向かっていたのだが、不意に愛が足を止め、そう告げたものだから、僕もまた慌てて振り返り、愛の言う『綾部』の後ろ姿を探そうとした。

「あのくたびれたコートだ。なんだか様子がおかしかった。追ってくれ、竹之内《たけのうち》」

「わかった」

頷《うなず》き、愛が指さした男に向かって駆け出す。『自分で行けばいいのに』と思わないのは、愛が目立つ行動を取れば騒ぎになるとわかっていたためだった。

『金曜二十三時二十分の男』『奥様のアイドル』として名高いニュースキャスターの愛は、己のオーラを消したり放ったりすることができるのだという。現に今も、伊達《だて》眼鏡をかけているだけなのに、今のところ誰にも気づかれていないのはさすがとしかいいようがない。

目立つ必要がないときには極力オーラを消し、人波に紛《まぎ》れる。駅にも近い、こんな人通りの多いところに愛がいるとわかるとそれこそ、パニックになりかねない。

それがわかるだけに僕は、愛の言いつけに従い、擦れ違いざまに彼が『綾部』だと思った、その男のあとを追いかけた。

愛は確かにあの男を指さした。が僕の知っている綾部は、あんなよれよれのコートを着ていないし、あそこまで猫背ではなかった。愛よりはやはり落ちるとはいえ、結構なイケメンで、目立つタイプだった。

身長も高く、足も長い。頭もよくてスポーツもできた。就職先は確か、大手商社だった記憶がある。何事にも自信に溢《あふ》れており、ちょっと鼻につくなと思うこともあった、などと考えているうちにとぼとぼと力なく歩く猫背の背中に追いついた。

やはり違うような気がしたので、追い越してちらと肩越しに振り返り顔を確かめる。

「あっ」

思わず声を上げてしまったのは、まさに愛の言ったとおりだったからだった。

「え？」

僕の上げた声で彼が——綾部が、伏せていた顔を上げ僕を見る。

「竹之内か」

「綾部、久し振り」

普通ならここで『元気だったか？』的な挨拶《あいさつ》へと移行するものだが、綾部はどう見ても『元気』そうではない。大学時代から常に身だしなみには気を配っていた彼の顔には無精《ぶしょう》髭《ひげ》が浮き、髪はぼさぼさで、言っちゃなんだがホームレスに間違われかねない格好である。

「……ああ、久し振りだな……」

綾部が力なくそう言い、ふい、と僕から目を逸《そ》らす。と、そのとき、僕のスマホが着信に震えたものだから、

「あ、ちょっとごめん」

と慌ててポケットから取り出した。かけてきたのが愛に違いないと察したからだ。来たのはメールで、綾部を事務所に連れてくるようにと書いてあった。

「それじゃ」

僕がメールを読んでいる間に綾部は横をすり抜けるようにして立ち去ろうとする。

「あ、ちょっと待って」

反射的に腕を摑《つか》み、足を止めさせた僕を、綾部が訝《いぶか》しげに振り返った。

「なに？」

「愛が、話があるって。一緒に来てくれないかな？」

「愛？　キャスターやってる愛？」

綾部の声のトーンが高くなる。

「懐かしいな。でも、なんで？　愛が俺と話したいってことを竹之内が？」

わけがわからない、と首を傾《かし》げる彼に、説明をしようとしたとき、再度メールが来た振動が手の中のスマホから伝わってきた。

『役に立てると思う、と言え』

発信は言うまでもなく愛からで、一言そう書いてある。

「事情はあとで説明するけど、これ」

言うより見せたほうが早い、と画面を見せると、綾部はますます不審そうな顔になったものの、僕が嘘《うそ》などついていないということは信じてくれたようだった。

「……まあ、やることないし、行くよ。久々に愛に会いたいしな」

綾部はそう言い、僕と並んで歩き出す。色々聞きたいことはあるのだが、どう切り出そうかと迷っている間に、綾部のほうから僕に質問をしかけてきた。

「確か竹之内はM電機だっけ。どう？　仕事は」

「ああ、それが去年辞めて、今は愛の個人事務所で働いているんだ」

「辞めた？　どうして？　もしや不祥事か？」

途端に綾部の声が弾んだものだから、僕は驚いて目を見開いてしまった。

「ああ、悪い。人の不幸を望んでるわけじゃないんだ」

僕のリアクションを見て綾部は我に返ったらしく、頭を掻《か》きつつ謝罪する。

「別にいいよ。人の不幸は蜜《みつ》の味っていうし」

僕としては、謝られるようなことじゃない、といった意味での軽口だったのだが、それを聞いて綾部は、はあ、と深い溜め息を漏らした。

「……だよな。他人の不幸は楽しいものだよな」

「ええと……綾部、なんかあった？」

落ち込む様子の彼に、いささかストレートかと思いつつも問いを発する。

「ああ……もう俺の人生、めちゃめちゃだ」

更に深い溜め息を漏らしながら綾部はそう告げ、尋常ではない落ち込みようを見せる彼に僕はそれ以上の質問をすることができなくなった。

ほぼ会話のないまま、僕らは愛の事務所のある汐留《しおどめ》のマンションに到着した。

「凄《すご》い。まさに成功者の城って感じだな」

高層のマンションを見上げる綾部の口調は酷《ひど》くやさぐれている。まさに彼は今、『不幸』な状況にあるんだろう。見るからにそうだけれど、と思いながら僕は、

「こっちだよ」

とオートロックに鍵を翳《かざ》して自動扉を開けると、綾部の前に立ち歩き始めた。

愛の部屋は中層階にあるのだが、十七階のボタンを押すと、綾部は「やっぱりセレブは地上から高いところに住むんだな」と、またもやさぐれた口調でそう言った。

僕への言葉というよりは、なんだか独り言っぽかったので相槌《あいづち》を打たずにいると、すぐ

さま彼は我に返ったようで、

「悪い」

と頭を掻く。

「愛に会ったときに話すけど、実は俺、会社をクビになったんだ」

「えっ」

思わぬタイミングでの告白に驚いた声を上げたと同時に、エレベーターは十七階へと到着し、ポン、という音と共に扉が開いた。

「と、とにかくこっちだ」

動揺してしまいながらも、僕は綾部を愛の部屋へと連れていき、愛に、綾部が来たことを伝えるためにインターホンを鳴らしながら鍵を開け、ドアを開く。

「やあ、いらっしゃい」

愛は既に玄関で待機していた。なら鍵を開けてくれてもいいものを、と思っていたのがわかったのか、僕をじろりと睨《にら》んだあとに、後ろに立っていた綾部に満面の笑みを向ける。

「綾部、久し振り。元気だったか?」

「ああ、久し振り。お前の活躍はいつもテレビで観《み》てるよ。金曜二十三時二十分から」

驚いたのは愛が綾部に『元気だったか?』と聞いたことと、綾部が愛の番組の正しい開始時間を知っていたことだった。

愛のことを世間では『金曜二十三時二十分の男』と呼んでいる、という記事はいくつも読んだことはあったが、実際浸透している場面に出くわすことはあまりない。本当にそう呼ばれているんだなあ、と感心していた僕を、またも、くだらないことを考えるなというようにじろ、と睨むと愛は、

「ともかく上がってくれよ」

と綾部を促《うなが》し、リビングダイニングへと向かった。

「でかいテレビだなあ」

部屋に来たことがある人、ほぼ十割が同じ反応を示すのだが、綾部もご多分に漏れず、まず八十五インチのテレビに驚いた声を上げた。

「何か飲むかい？　まだ外は明るいけどビールとか？」

どうぞ、と愛がテレビの前のソファを勧め、笑顔で綾部に問いかける。

「ビールか……いいね」

「腹は？　減ってる？」

「そうだな、少し……」

綾部の答えが終わらないうちに、愛が僕へと指示を出す。

「と、いうことだ、竹之内」

「わかった」

『少し』と言っていたが、綾部は空腹そうに見えた。窶《やつ》れているからそう見えるだけかもしれないが、取りあえずはビール、それにつまみだ。

間もなく、原稿に本腰を入れなければならなくなるので、昨日、ホーロー容器に作り置きのおかずを何品か作っておいたのが早くも役に立つこととなった。

キャベツとワカメの柚胡椒《ゆずこしょう》サラダ、タコと万能ネギの中華風マリネ、そしてヤムウンセン。温かいものもあったほうがいいので、冷凍の春巻きを解凍しよう。先にビールと、それにチーズでも出しておこう。

考えたとおり、まずはビールとチーズを運び、白いホーローの器に入れておいた作り置きのおかずをそれぞれ大きめの皿に盛る。

取り皿と一緒にそれを運ぶと、ちょうど愛が綾部から、退職の理由を聞き出しているところだった。

「不本意な辞めかただったんだね」

「不本意というか……まあ自業自得というか。自分でもなぜ、あんなことをしたのかがわからないんだ」

既にビールの中瓶が一本空いていた。空きっ腹に飲んだからか、もう無精髭の浮く綾部の顔は真っ赤である。

「何をしたって？」

愛の声は実に耳に心地よい。完璧な骨格の持ち主は、美声の持ち主でもあるのかもしれない。バリトンのよく響く声は、聞く者を安堵《あんど》させ、口を軽くする利点を持つようである。綾部の口も軽くなったようで、溜め息交じりに彼は、驚くべきことを打ち明け始めたのだった。

「使い込みだよ。ほんのチャチな……。接待で使った店の領収証の数字を書きかえたのがバレたんだ」

「その程度で？　いや、誉められたことじゃないけど、解雇になるとは……。金額だって数万なんだろう？」

愛が驚いたように目を見開く。彼の言うとおり、確かにやっちゃいけないことではあるが、即クビというのは厳しいな、と思っていた僕は、綾部の返事に愕然《がくぜん》となった。

「回数がな……三十回以上したことが、解雇の決め手になったと上司に言われた。金額は百万にも満たなかったんだが……」

「…………」

百万円って、充分高額だと思うのだが、綾部にすれば違うらしい。

愛の『その程度で』という言葉に乗ったのかもしれないが、本人、あまり反省していないような、と、ちらと愛を見ると、愛は僕だけにわかるよう頷いたあと、なぜそのようなことになったのか、と綾部から話を聞き出すべく質問を再開した。

「商社ならいい給料もらっていただろうに、どうしてそんなことを?」

「……そうなんだよな……」

綾部ががっくりと肩を落とし、溜め息をつく。

「まあ、飲めよ」

そんな彼の持つグラスにビールを愛が注ぎ足す。

「もう、貯金も底をついててさ。起死回生を狙いたくて、つい、楽に数万稼げることに手を出してしまったんだ」

ビールを飲みながら綾部がぼそぼそと話し出す。

「ギャンブルか?」

貯金も使い果たすほどのこととなると、と僕が考えたのと同じことを愛も予想したらしい。問いかけた彼に綾部は首を横に振ると、驚くべき答えを返したのだった。

「いや……占いだ」

「えっ」

占い？　と思わず大声を上げてしまった僕へと綾部の視線が移る。

「馬鹿《ばか》かと思うだろ？　本当に馬鹿だったよ」

「馬鹿とは思ってないよ。占いは女性がはまるものだという偏見も勿論《もちろん》持ってない」

愛が、黙ってろ、というように僕を目で牽制しつつ、優しい口調で綾部に話しかける。

「鑑定料が高かったということかい？」

「一回五万……今から思うと高いな」

五万、と聞いてまた声を上げそうになったが、察したらしい愛に睨まれ、すんでのところで堪《こら》えた。

しかしさっきから綾部は『今から思うと』とばかり言っているな、と、ビールを呷《あお》る彼を見る。

「何を占ってもらっていたんだ？」

「どのトレーダーにいくらの金を託せばいいか……とか」

「占いでわかるのか？」

愛の問いに綾部はまた、例の言葉を口にした。

「今から思うと、不自然だよな……」

うん、と頷く彼のために、料理を取り皿に盛ってやれ、と愛に目で促される。わかった、と数品皿に盛り、前に置いてやると、

「これ、美味《おい》しいな」

空腹を思い出したらしい彼はようやく料理に手をつけ、ぼそりとそう呟《つぶや》いた。

「たいした手間はかかってないんだけどね」

いや、それ作ったの、僕ですけど。と言いたくなるような返しを愛がし、再度質問を開始する。

「そもそも、どうして占い師にトレーダーの鑑定を頼むことになったんだ？」

「付き合っていた彼女が、当たる占い師がいるので一緒に行きたいというのに付き合ったのが最初だった……かな」

それから綾部が愛に促されるままに話した内容は、次のようなものだった。

同じ会社に勤めていた彼女とそろそろ結婚を、という雰囲気になっていたが、その彼女に占いに誘われた。なんでも『物凄くよく当たる』と評判の占い師で、常に三カ月先まで予約がいっぱいになっており、彼女は三カ月前に予約をしていたということだった。

そこで綾部と彼女は驚きの体験をすることになる。これまでの人生のすべてを、その占い師は当ててきたというのである。

二人がいつから付き合い始めて、どういう付き合いとなった、ということに関しては、彼女が占いの予約のとき、アンケートに書いたということだった。他にそのアンケートに書いたのは、生年月日と名前、それに住んでいる都道府県だけだったというのに、占い師は綾部について、性格の美点欠点から、今の仕事の悩みまで、すべて当ててきたのだそうだ。

結局、二人の結婚の時期については、占い師曰《いわ》く『近々ということはない』という彼女にとっては不本意なもので、占い師のもとを辞すときにはかなり不機嫌になってしまった。

そのときの料金は一万円で、支払いは綾部がした。その際、占い師が綾部に、こそりと囁《ささや》いてきたのだった。

『綾部さん、あなたには特別なオーラがある。日本で十本の指に入る成功者になれるはずです。どうです？　来週、今度は一人でいらっしゃいませんか？　あなたの将来にとって有意義なお話ができると思いますよ』

本来、三カ月待ちですが、あなたなら来週、予約をお受けします。この『特別』扱いと、あまりに『当たっている』占い内容に背を押され、綾部は予約を入れた。

二回目の予約時に、トレーダーを紹介された。あなたが成功するには、まず資金が必要、とのことで、あなたに富をもたらすトレーダーを占いで見つける、と言われ、綾部は半信半疑だったが、預けた十万があっという間に四倍になったため、一気に信じることになった。

トレーダーとの相性は永遠のものではなく、都度、変わる。また、預ける時期にも細かい指定をしたほうが、より儲《もう》かる。

資金は倍々ゲームのように増えていった。相談した会社での悩みも、占い師に言われたとおりに振る舞うと、びっくりするほど上手くいった。月に一回だった鑑定も、気づけば週一回、通い詰めるようになった。

鑑定料は個人鑑定が始まった二回目から五万円に上がったが、それ以上に稼げていたので気にならなかった。

が、いつまでも幸運は続かず、トレーダーに預けた金は徐々に目減りしていった。相性のいいトレーダーを見つけてもらおうと、三日に上げず占い師のもとに通ったが、金は戻らなかった。

ついに、それまでの貯金、五百万が底をついたが、そのときには取り返さねば、との思いが強く、占い師のもとを訪れ続けた。

占い師からは、あくまでも『占い』であり、必ず当たる保証はないのだから、と諭《さと》されたが、五百万を取り返すことしか考えられなかった綾部は、五万円という大金を積んでも次なる『当たり』を求め続けた。この時点で金が尽きていた彼は、借金することを躊躇《ためら》った結果、接待費を誤魔化すという行為をはじめ、発覚するまで続けたという。

「会社をクビになってようやく目が覚めた。占い師の言うとおり、占いは占いなんだ。必ず当たる保証はなかった。貯金はないし、解雇された身では再就職は難しいだろうし、何より両親に何と言ったらいいのか……」

はあ、と深い溜め息をついた綾部に僕は、かけるべき言葉を持たなかった。

気の毒——ではあるが、同情しきれないのは、占いにそんな大金をぶっ込むのは『愚行』としか思えなかったためだ。

占い師の言うとおり、占いは『必ず当たる』ものではない。それをあてにして貯金をなくすだけでなく、会社の金に手をつけるようなことになるなんて、自業自得としかいいようがないではないか。

学生時代の友人とはいえ、同情はできないよな、と僕は愛へとこっそり視線を送ったのだが、愛は僕とはまったく違う考えを抱いたようだった。

「酷い目に遭ったな。その占い師、どこの誰だ？」

「え？」

さきほど制止されたことはよく覚えていたが、思わぬ愛の反応に、またも僕は声を漏らしてしまった。

綾部はその声を聞きつけ、僕を見たあと、考えていることはわかる、というように苦笑し、首を横に振る。

「いや、宮本《みやもと》さんは……占い師は悪くないよ。俺が悪い。どうかしてたんだ」

綾部はちゃんとわかってるじゃないか、と頷きかけた僕をじろりと睨むと愛は、

「不快にさせたら申し訳ない」

と綾部を真摯《しんし》な目で見つめ、口を開いた。

「綾部、君は詐欺《さぎ》に遭ったんだ。早い話、カモられたんだよ」

「詐欺？　俺が？」

再三、愛には注意されていたので、僕はなんとか声を上げることを我慢できたが、その分、綾部の仰天する声が高らかに室内に響き渡った。

「ああ、宮本とかいうその占い師はおそらく詐欺師だ。すぐにも警察に行くことを勧める。紹介されたトレーダーも仲間だろう。何人紹介された？　三、四人で固定だったんじゃないか？　今日はあの人、明日はあの人、というように」

「ちょ、ちょっと待ってくれ。詐欺って……確かにトレーダーは四人、紹介されたけど、どのトレーダーも取引の詳細をきちんと見せてくれたし、最初のうちは儲かってたんだ。

引き時を悟らなかった俺が悪いってだけで……」

「最初のうちは儲かっていた、も、嘘かもしれない。詳細を見せられたのだって、取引終了後だろう？　いくらでも偽造できる」

「待ってくれ、愛の気持ちは嬉《うれ》しいけど、そんな、詐欺だなんて……」

綾部はすっかり腰が引けてしまっていた。警察を嫌がるのはもしかして、会社の金を横領したことが知られるのを避けたい気持ちからじゃないか、と察した僕は、愛を止めるべく遅まきながら口を開いた。

「あの……愛、本人もこう言っているし……」

占い師は詐欺だという結論は、随分と希望的観測に基づいたものなんじゃないかと思う。五万円という鑑定料は高いし、確かに『カモ』にされた感はあるけど、詐欺とは僕も思えない、と続けようとしたのを愛の厳しい声が遮《さえぎ》った。

「竹之内、お前は黙ってろ。綾部、この件、僕に任せてくれないか？　お前に悪いようには絶対しない。なんならお前の名は出さずに解決する」

「え？　なに？」

唐突とも言える愛の申し出に、綾部はぽかんとした顔になった。

「解決って？　俺は別に何も望んでないんだが……」

何を言いだしたのか、と首を傾げる彼に対し、愛がたたみかける。

「綾部が詐欺に遭ったのは間違いない。それを証明する。詐欺師が警察に逮捕されれば、全額は無理でも多少の金は戻るかもしれない。さっきも言ったが、お前に迷惑をかけるようなことは一切しない。だからその占い師の名前と連絡先を教えてもらえないか？」

「え？　いや、その……」

綾部は今や、タジタジといった状態だった。

「頼む。絶対お前の名は出さない。約束する」

愛が真面目な口調でそう言い、綾部の前で頭を下げる。

「ああ」

と、ようやく我に返ったらしい綾部が、納得した声を上げた。

「番組で使いたいって、そういうことか」

「…………」

いや、そうじゃないと思うんだけど——愛の申し出は見るからに、綾部を思いやったものだった。

番組のことなど、考えていなかったように僕の目には映っていたのだが、と言おうとしたが、またも愛に怖い目で言葉を制される。

「いいよ。使ってくれても。もう自棄《やけ》だ。失敗例として放映してくれていいよ」

綾部は言葉どおり、本当に『自棄』になっているようだった。

「音声と画像加工してくれりゃ、俺も出演してもいい。両親にはそれ、観てもらうようにするわ。言わなくてもおふくろ、お前のファンだったから観るんじゃないかな」

「放映する場合は『失敗例』ではなく『詐欺師逮捕の瞬間』となる。ともかく、宮本という占い師の連絡先を教えてくれ。調べるから」

「教えるよ。教えるけど、詐欺じゃないと思うよ」

俺が馬鹿なだけで、とぶつぶつ言いながらも綾部はスマホを取り出し、アドレス帳を開いた画面を愛に見せていた。

「『宮本未来男《みきお》』。事務所は麻布《あざぶ》か。これ、本名か？」

愛の問いに綾部は「さあ」と首を傾げる。

「芸名かもな。占い師で『未来の男』というのもとってつけたようだし」

くすりと笑う彼に、愛が淡々《たんたん》と次なる依頼をする。

「問題なければ、宮本を紹介した彼女の連絡先も教えてほしい。彼女がどこから宮本を紹介されたのかを知りたいんだ」

「……いいけど、もう、とっくの昔に俺ら、別れてるけどな」

確か、会社の先輩に紹介されたと言っていた、と言いながら綾部は元カノの連絡先をあっさり教えてくれた。酔っ払っていたからかもしれない。

「任せてくれ。そうだ、綾部の連絡先も教えてくれよ。結果を報告するから」

「俺の携帯番号はこれだけど、いつまで持てるかわからないな。携帯料金、高いし……」

綾部の声に次第に力が入らなくなっていく。

「今、住んでるマンションも、引っ越し先が決まったら即、出るつもりだ。実家に戻るしかないとはいえ、親に合わせる顔がないよ……」

「親御さんもわかってくれるよ。くれぐれも、自棄になるなよ」

愛が優しく微笑《ほほえ》み、綾部の肩を叩《たた》いている。

それから綾部とは暫《しばら》くの間、会話をしたのだが、内容は占い師のことに終始した。

「おっと、こんな時間だ。それじゃあ」

随分と酔っ払っていた綾部だが、帰宅ラッシュに巻き込まれたくない、と慌てた様子で僕らのマンションを出ていった。会社の人間と顔を合わせることにでもなると気まずい、と思ったのかもしれない。

なんだかなあ——思わず溜め息を漏らしてしまった僕に、愛がきびきびと指示を与えてくる。

「明日、早速宮本に連絡を入れてアポを取る。竹之内も同行してくれ。再来週の特集はこれにしよう。当たると評判の有名占い師は実は詐欺師であるという……」

「ちょっと待ってくれ。本当に詐欺だと思ってるのか？　根拠は？」

決めつけすぎじゃないか、と驚いて問い返した僕に、愛が与えた言葉は『答え』ではなかった。

「それから、僕のスマホに登録してある斎藤《さいとう》警部補に君のスマホから連絡を入れてくれ。至急、調べてほしいことがあると。僕からだと彼は出ないからな」

「斎藤警部補に？　僕が？　何を？」

警察まで巻き込む気か、と慌てる僕に、愛が相変わらず淡々と指示を出す。

「宮本未来男についてだ。勿論、僕らでも調べる。が、逮捕歴があることを調べるのはいささか困難だからね」

「えっ？　逮捕歴？」

「いいから、電話」

愛は僕に驚いている時間を与えず、即、行動に移せとせっついてくる。

「……わかった、やるよ」

電話のあと、なぜ『詐欺』と決めつけるのかをきっちり教えてもらうからな。目でそう訴えかけながらスマホを取り出す僕の前では、愛が『それでいい』というように笑ってみせ、それなりに僕をむかつかせてくれたのだった。

「しかし驚いたよ。三カ月待ちと言ってたのに、たった一週間後にアポが取れただなんて」

愛の運転で麻布へと向かう車中、僕がそう言うと愛は、ふん、と馬鹿にしたように鼻を鳴らした。

「愛優一郎《ゆういちろう》からの予約だ。断るはずないだろう」

「……すごい自信だな」

天下の愛が、直々《じきじき》に予約してやったのだ、とでも言いたいのか。まあ、確かに『天下の愛』だけれど、と呆《あき》れながらも納得していた僕にまた、愛の馬鹿にしきった声が飛ぶ。

「どうせ僕が天狗《てんぐ》になってるという勘違いをしているんだろうが、答えはノーだ。僕のプロフィールやキャスターになったきっかけ等は、巷《ちまた》に溢れているからね。簡単に検索できるから、三カ月なんて時間は必要なかったんだ」

「……え……？」

ということは？　と首を傾げた僕の隣で、愛は、やれやれ、というように溜め息をつくと、察しの悪い僕のために懇切丁寧《こんせつていねい》に説明をしてくれたのだった。

「人気があるから三カ月後の予約しかとれない、というわけじゃないのは、綾部がその後は頻繁《ひんぱん》に鑑定してもらっていたことからもわかるだろう？　要は予約してきた人間を三カ月のうちに調べ上げるんだよ。過去から現在から、趣味から付き合ってきた女性のことから、両親親戚《しんせき》のことやら何もかもを。宮本の前職からすれば、実に容易《たやす》かったんだろうと推察できるよね」

「……なるほど……」

だからこそ、過去のことはすべて『当たった』のか、と、僕を素直に納得させた宮本の『前職』とは、調査会社の契約社員だった。

占い師としての宮本は、ネットで検索してもほぼ出てこない。それでも彼が『当たると評判』であるのは、実際占ってもらった人間が『当たった』と体感するからだった。

メディアに露出しないのは、今以上に鑑定できないため。今ですら三カ月待ちだという状況が、彼の言葉の裏付けとなっている『錯覚』を与えるが、実際は狙った相手のみをターゲットに金を騙《だま》し取ることが目的であるため、有名になる必要はない――どころか、名が売れるのはデメリットとなる。

愛に理路整然と説明され、ようやく『占い』のからくりが見えてきた。おそらく綾部はその『ターゲット』になったのだ。

綾部の元カノに愛と一緒に話を聞きに行ったときのことが頭に蘇《よみがえ》った。

『確かに。愛さんの仰《おつしや》るとおり、私たち二人のこと、あれこれ調べたのかも』

元カレである綾部の名を出すと、最初のうちこそ、神田《かんだ》という彼女は話をするのを渋ったが、愛の説得を受け、思い出したことをすべて話してくれた。

『あのときは、凄い！　当たってる！　ってハイになっちゃってましたが、今、指摘されてみると当たってたのは調べればわかることばかりでしたね。未来のことはまったく当たってないわ。だって私と綾部君、結婚して海外に住むって言われたし』

ハズレもいいところだった、という彼女に、宮本を紹介した人物について尋ねると、料理教室で知り合った三十代の萩野《はぎの》という女性ということだったが、料理教室を辞めたあとには連絡を取っていないという。

頼んでその場で電話をかけてもらったが、『現在使われていない』というアナウンスが流れてきた。メールアドレスも変更されており、神田は『どういうこと？』と狐《きつね》につままれたような顔をしていた。

その後料理教室で『萩野』という名の女性のことを聞いたが、提出された申込書の住所は出鱈目《でたらめ》であることがわかった。

神田の話によると、萩野と名乗っていた女性は、他にも数人、占い師を紹介していたという。名前を聞き、それぞれに当たったが、実際予約をしたのは二人で、内、一人は個人予約のオファーがあったという。

『初回で聞きたいことは全部聞いちゃったので、断ったわ』

彼女が聞きたかったのは恋愛関係についてで、貯金を殖《ふ》やすことについては興味がなかった。参考までにおおよその貯金額を尋ねると、六百万とのことだった。

占いの最中、貯金額について宮本に聞かれたかと尋ねると、最初は『そんなことはなかった』と言っていたが、話しているうちに『そういえば』とあることを思い出した。

『挙式の費用はもう充分すぎるほど貯まったから、早く結婚したい、というようなことは言ったかも』

なぜ、トレーダーを紹介しようかと持ちかけられたのかとずっと不思議に思っていたけど、そういうことだったのね、と納得していた彼女の顔を思い出していた僕は、愛に声をかけられ、はっと我に返った。

「そろそろ着くぞ。杉下《すぎした》さんたちは待機できているか、確認してもらえるかい？」

「あ、うん。わかった」

我に返り、スマホを取り出して杉下の番号を呼び出しかけてみる。

『建物前で待機してます』

僕が何を言うより前に杉下はそう告げ、僕なんかより余程愛の心を読んでいるなと感心させられた。

「撮影許可が下りたら連絡を入れる。いつでも撮影に入れるよう、準備しておいてくれ」

愛の言葉を伝えると、杉下は『承知した』と短く答え、通話はそれで終わりとなった。

「許可、下りるかな」

もしも愛が言うとおり、宮本が詐欺を働いているとすると、テレビで顔を売るなんてことは断るだろう。

しかし、愛は結構、自信を持っているようで、

「下りる」

と断言すると、フロントガラスの向こうを見やった。

きつい眼差《まなざ》しに、なんとしてでも宮本の化けの皮を剝《は》いでやる、という意思が表れている。しかしどんな方法をとろうとしているんだろうか、と僕は手元のアンケートへと視線を向けた。

それは宮本から鑑定前に提出してほしいと愛宛《あて》に送られてきたもので、愛の回答は既に

書き込まれ、先方に送られていた。

氏名、生年月日、血液型、それに相談したい内容について、という欄がある。

はじめに愛の『相談したい内容』を読んだときは、思わず噴き出してしまった。なぜならそこには『結婚相手と時期について』と書かれていたからである。

よりにもよってそれか、と笑ったのだが、実はマジだったりして、と愛をちらと見る。

「なに？」

視線に気づいた愛に問われ、怒られるかなと思いながら問いを発した。

「結婚願望、実は本当にあったりして？」

「そりゃあるさ」

愛があっさり頷いたのを聞き、思わず「あるの？」と驚いてしまった。

「ゆくゆくは、だよ。今は考えられない。竹之内もそうだろ？」

「まあ……そうかな」

今、付き合っている彼女もいない上、プライオリティの一番は仕事にある。小説家として一人前になりたいという気持ちが強くて、とても結婚など考えられない。

とはいえ、一生独身を貫くつもりもないので、愛と同じく『ゆくゆくは』したいかなと頷く。

「でも『相手』って？」

改めて考えると、酷く意味深だ。問いかけた僕に愛は、

「今頃かよ」

と呆れてみせたあとに、パチ、とウインクして寄越した。

「トラップをしかけた。あとは宮本が食いつくのを待つだけだ」

「トラップ？　どんな罠《わな》だ？」

聞いてない。驚く僕に愛は、

「そのうちわかるよ」

と言うばかりで、結局教えてはくれなかった。

そうこうしているうちに、僕らは宮本が占いをおこなっている事務所に到着した。事務所といってもオフィスビルにはなく、マンションの一室である。

「さて。化けの皮を剝ぎに行くとするか」

愛は独り言のようにそう呟くと、颯爽《さっそう》と車を降り立った。僕も慌てて彼に続く。

オートロックのインターホンを押すと、宮本はすぐに応対に出た。

『愛さんですね。お待ちしていました。どうぞお入りください』

スピーカー越しだが、バリトンの美声であることはわかった。まあ、愛には負けるけど、

とよくわからない対抗心を抱いていたのは僕だけだったようで、愛は愛想良く、

「お邪魔します」

とカメラに笑顔を向け、ロックが解除された自動ドアへと向かっていった。

部屋番号は七〇一号室で、七階の一番奥を目指す。住居用というより、事務所に使われているのが多いのか、ということがわかる表札を次々眺め、やっと宮本の部屋に到着した。

ドアチャイムを鳴らすと、小さくドアが開き、一人の若い女性が顔を覗《のぞ》かせた。

「愛様ですね。どうぞ、中へ」

たいていの若い——若くなくても、だが——女性は、愛の顔を見てぼうっとなる。が、彼女は目を伏せたままで、愛にはまったく興味がない様子なのが印象に残った。

白い小さな顔をした、なかなか綺麗《きれい》な子だ。薄化粧が上品だし、前髪を厚く下ろしたストレートのヘアスタイルもよく似合っている。

愛には目もくれなかった彼女だが、愛のあとから僕が部屋に入ろうとすると、ぴた、と動きを止め、目を上げて僕を見た。

どき、と鼓動が高鳴ったが、彼女の視線が向けられた理由は、愛より僕が好みだったから——ではなかった。残念ながら。

「あの、今日は鑑定ですよね？　こちらのかたは？」

訝しげに眉を寄せ、僕を見つつも愛に問いかける。

「ああ、僕の助手です。どうかお気になさらず」

「……はあ……」

不本意そうではあったが、拒絶もできなかったらしく、若い女性は「ではどうぞ」と廊下を進み、奥まったところにある部屋のドアをノックした。

「いらっしゃいました」

中に声をかけ、どうぞ、とドアを開く。

「失礼します」

「失礼します」

愛に続いて僕も声をかけ、中に足を踏み入れたのだが、ドアの向こうに開けていた光景には、意外さから息を呑《の》んだ。

占い、しかもインチキらしい、となると、いかにもといった感じのオカルトチックな室内を想像していたのだが、通されたのは白を基調とした明るいシンプルな印象の部屋だった。

「こんにちは。宮本です」

白い椅子《いす》が二脚、ガラスのテーブルを挟んで置かれている。既に部屋の奥に置いてある椅子には一人の男が——宮本と名乗った男が座り、僕らに笑顔を向けていた。

爽《さわ》やか。理知的。そしてイケメン。

第一印象はそんな感じだった。爽やかなのは、笑った口元から覗いている真っ白な歯から受けた印象、理知的は縁なし眼鏡からの連想ではないかと思う。

サラリーマンには見えない。が、占い師にも見えなかった。医師、もしくはカウンセラーと言われたら、なるほど、と頷ける感じだ。

「珍しいですね。助手のかたも同席されるとは」

廊下での会話が聞こえたのか、宮本は僕をちらと見やってから、愛に笑顔のまま話しかける。

「実は彼だけではなく、この場にロケ隊を入れたいのですが、ご許可いただけませんでしょうか」

「ロケ隊ですって？」

宮本が驚いた様子で目を見開く。

「はい。私が占われているところを番組で流したいのです。難しいでしょうか」

愛が宮本に向かって一歩を踏み出し、熱い口調で問いかける。

「カメラはちょっと……困りますね」

宮本は困惑している様子だった。いかにも断りたそうな彼に対する愛の説得が続く。

「ただでさえ予約困難なのですから、宣伝が無用であることは勿論わかっています。なので、顔出しNG、名前NG、ということでしたら当然、そのようにさせていただきます。私はただ、占いというものは当たるも八卦《はっけ》当たらぬも八卦ではあるものの、確実に人生の指標になり得る、ということを視聴者の皆さんに伝えたいのです。他人には言えない悩みを抱えているかたはおそらく、大勢いらっしゃることでしょう。そんなかたたちを救いたい。いかがでしょう。条件はすべて呑みます。ご許可、いただけないでしょうか」

愛の説得は実に力強く、宮本は今や声を失っていた。

「お願いします、宮本さん」

もう一押し。間もなく落ちるな、と予想した僕の読みは無事に当たった。

「わかりました。そこまで仰るのなら、私の名前と顔は出さない方向で。そして交換条件といってはなんですが、あなたの鑑定をしたことを私の顧客に話してもいいという許可をいただきたい」

「勿論です。宣材に必要でしたらツーショットの写真でもお撮りしましょう」

私でお役に立てるのなら。愛がにっこり微笑み、頷いたことで、商談成立となった。

「竹之内」

愛に指示され、慌てて僕はスマホをポケットから取り出すと、杉下の携帯を鳴らした。

『承知した』

僕が何を言うより前に、杉下がそう言い、電話を切る。直後にインターホンの音が鳴り響き、まさにスタンバイオッケーだったんだな、と感心してしまった。

「手際がいいですねえ」

宮本が驚いてみせるのに、愛はただ微笑んでみせただけで、特にコメントを述べることはなかった。

すぐさまカメラと音声、それに照明がセッティングされる。

「顔はあとからモザイク処理しますし、音声も問題があるということでしたら、加工します。にしても勿体《もったい》ないですねえ。こんなにイケメンなのに」

音声担当の三島《みしま》が宮本にそう言い、肩を竦《すく》める。今日、彼女はなぜか、綺麗にメイクをしていた。モデルか女優かと見紛《みまご》うほどの美女に『イケメン』と言われ、宮本は「いやあ」と酷く照れつつも嬉しそうだった。

男には一切興味のない三島だが、武器として使える場合はいくらでも『女』であることの利用価値を発揮する。

さすがだなあ、と感心している間に撮影準備は整い、カメラテストのあとすぐさま撮影が始まった。

「しかし愛さん、いいんですか？　鑑定の内容は結婚について、ですけど」

カメラが回っていることに緊張しているのか、宮本は少し上擦《うわず》った声でそう言うと、じっと愛の目を見つめてきた。

「はい。ちょうどいい機会かな、と」

苦笑する愛に宮本は「なるほど、そういうことですか」と微笑み、口を開いた。

「愛優一郎さん。鑑定内容は、結婚相手について、でしたね」

「はい。三十も超しましたしそろそろ結婚を考えようかな、と」

「具体的に、結婚したいかたはいらっしゃるんですか？」

「いえ、特には……」

首を傾げる愛に宮本がたたみかけるようにして問いを発する。

「過去、気にかけていた女性がいるとか？」

「……まあ、いますね。でも昔のことですし、相手も同じ気持ちであるかはわかりませんしね」

愛が俯《うつむ》き、ぽつりと告げる。

「？・？・？」

誰だ？

『昔』というニュアンスから、学生時代ではないかと推察する。だが、僕の知る限り、愛は高校のときも大学のときにも、特定の女性とは付き合っていなかった――と思う。多分。

いわば皆の人気者、というポジションが、恋愛の成就《じょうじゅ》を邪魔した、ということなんだろうが、それが『誰と』となると皆目見当がつかなかった。

学級委員をしていた白石《しらいし》？　高二のとき、少し噂《うわさ》になっていた。

それとも、雑誌のモデルをやっていた佐野《さの》だろうか。二人で話している光景は絵になりすぎる、と当時、皆が騒いでいたのを思い出す。

大学時代になると、人気者の愛の周囲にいた女性はたくさんすぎて、ちょっとわからないな、と一人首を捻《ひね》っていた僕は、宮本が微笑みながら告げた言葉に、はっと我に返った。

「手を」

愛に向かって、左手を差し伸べる。愛がその手に右手を重ねると、宮本は更にその上から自身の右手を重ね、目を閉じた。

「……目を閉じ、その人の顔を思い浮かべてください」

宮本に言われ、愛も目を閉じ、眉間《みけん》に縦皺《たてじわ》を寄せる。一体誰を思い浮かべているのか、と思わず彼の顔を凝視してしまっていた僕の前で、宮本が一人、目を開いた。

「……音楽に関係する思い出があるのでは？　音楽室のピアノが見えます」

「……え？」

愛が目を開き、唖然《あぜん》とした顔になる。

音楽室のピアノ？　高校のときか？　僕と愛は美術ではなく音楽専攻だったが、音楽室のピアノに関する思い出はない。少なくとも僕は。

だが愛は思い当たるところがあるようだ。どんな？　誰との？　興味津々《しんしん》だ、と、本来の目的を忘れ、いつしか僕の姿勢は前のめりになっていた。

「ピアノの前でキス……彼女には当時、付き合っている人がいた。夕陽の中、雰囲気に流されてキスしてしまった。お互い、なかったことにしようとした。でも忘れられなかった。キスのあと、彼女が照れ隠しにピアノを弾いた。曲はビートルズ……ですね。イエスタデイ……かな」

「……どうして……どうしてそんなことまで……」

愛が驚愕《きょうがく》を隠す余裕もなく、宮本に問いを発する。

彼の目は見開かれており、宮本の言葉が事実であることを物語っていた。

イエスタデイ……なぜにその選曲？　それ以前に、その『彼女』って誰なんだ。

ピアノが弾ける子は結構いた。どの子も愛には憧れていただろうから、雰囲気に流されてのキス、というのはあり得ると思う。

しかし愛が果たして、雰囲気に流されたりするだろうか——？

まあ、あの驚きようからすると『流された』んだろうな、とある意味感心していた僕の耳に、宮本の自信に満ちた声が響いてきた。

「大変失礼ながら、あなたの過去の記憶にアクセスさせていただいたのです。甘酸っぱい、恋の記憶に」

「それは恥ずかしいですね」

愛が苦笑し、肩を竦める。

「そのお相手ですが」

と、ここで宮本は不意に真面目な顔になり、すっと背筋を伸ばした状態で喋《しゃべ》り始めた。

「髪が長い……色白の、可愛《かわい》い、というより綺麗といった雰囲気の女子ですね。卒業式の日に、自分がもらった花束の中から薔薇《ばら》の花を一輪、あなたにあげた。それが彼女のせいいっぱいの告白だった」

「………懐かしい……」

愛が遠い目をしてぽつりと呟く。

卒業式の日に薔薇？　さすがモテる男は違う。確かに愛は後輩からも、そして勿論同級生や、それに他校の生徒からもたくさん花をもらっていた記憶が僕にも蘇ってきた。

薔薇の花を一輪、愛に贈った同級生の女の子。黒髪のロングヘア。色白で美人。

佐藤《さとう》かすみか？　横山友紀奈《よこやまゆきな》か？　確か横山は音大に進学した。彼女だろうか、と考えていた僕の前で愛が宮本に問いを発した。

「彼女の今についても、『鑑《み》る』ことはできますか？」

「……少し時間をいただければ」

宮本が答え、再び目を閉じる。それから一分ほど、沈黙のときが流れた。宮本も、愛も何も喋らない。きっとこの部分はカットか早回しだろうな、と僕は、二人して顔を見合わせているカメラマンの杉下と音声の三島を見てそう思った。

「……彼女は今……」

ようやく宮本が口を開く。

「今？」

身を乗り出す愛に対し、宮本は目を開き、にっこりと微笑んでみせた。

「フリーです。連絡を取るのは容易でしょう。おそらく、連絡先は変わっていらっしゃらないのでは」

「そうですか」

愛が声を弾ませる。明るい彼の表情が今、アップになっていることだろう、と杉下を見やると、なぜか彼と目が合った。

「………」

仕草で、どうやら撮影を代わってくれ、と要請しているのがわかり、戸惑いを覚える。どうして今、代わるんだろう。わからないものの、『早く』と無音のまま口を動かされ、疑問を覚えている場合じゃない、と急いで彼のもとへと向かった。

僕がカメラを受け取っていることに対し、宮本は少し気にした素振りをみせた。が、すぐさま笑顔になると、言葉を続けた。

「結婚に障害はありません。すべて、愛さんのアプローチ次第かと」

「僕のアプローチ次第……」

モニター越しに見る愛は、宮本の言葉をすっかり信じているように見えた。あれ？　ちょっと待ってくれ。そもそも今日、愛は宮本の化けの皮を剝ぎに来たんじゃなかったか？

信じてどうするんだよ、と心の中で呟いたのが聞こえたわけでもあるまいに、愛は僕が構えていたカメラに向かい、一瞬だけ厳しい目を向けたかと思うと、やにわに口を開いた。

「ところで宮本さん、ちょっと見ていただきたいものがあるんですが」

「はい？」

宮本が戸惑った声を上げ、愛を見る。その間に杉下が、機材を入れている大きなバッグの中から七インチのポータブルのDVDプレーヤーを取り出し、愛に渡した。

代わる、と僕へと寄ってきた杉下にカメラを返すと僕は、一体愛は宮本に何を見せようとしているのかと、愛の背後に再び回った。

愛が僕に意味深な視線を向けたあと、再生のボタンを押す。

「あ」

思わず声を上げてしまったのは、画面の中、愛と並んで映っていたのが、横山友紀奈を含めた、数名の同級生であるからだった。

『じゃあ、じゃんけんで勝ったから、私が愛君と両想いの役ね』

『いいなあ、友紀奈。じゃんけん強すぎだよ』

『最後、パーだったか……』

伊藤《いとう》と三宅《みやけ》が残念そうな顔になる傍《そば》で、愛が苦笑しつつ話を始める。

『シチュエーションを決めよう。横山ならピアノかな』

『音楽室は？　なんとなく流れでキスしちゃった、みたいな』

横山がノリノリでそう言うのに、伊藤と三宅が『ずるい』とブーイングの声を上げる。

『こうなったらもう、ダサダサでいってもらうわよ。音楽室でキス。キスのあと、いたたまれなくてピアノ』

『なんでピアノ弾くかな、って流れよね。曲は？』

『あれは？　山本《やまもと》先生の十八番《おはこ》。ビートルズ』

『あはは、受ける。ホームルームでいきなりのアカペライエスタデイだもんね』

『でもこの楽しさ、わかるの身内だけだよね。愛君、放映するとき、テロップ入れてよ。

担任の山本先生の持ち歌ゆえの選曲だったって』

『そうそう。じゃないと、なんでイエスタデイってなるよね』

『イエスタデイ、勘弁してー。もっと映画みたいに素敵な感じにしてよう』

『却下』

『却下だね』

『却下だって、横山』

『むかつくー。でもまあ、いいか。愛君の心の恋人役だもんね』

『本当に友紀奈はじゃんけん強いわー』

『悔しいよう』

またも女性陣たちが横山相手に『くやしい』を連発している。

「……これは……」

宮本の顔から見る見るうちに血の気が引いていく横で、僕もまた、心底驚き、画面を食い入るように見つめてしまっていた。

いつの間に？　まったく知らなかった。要は『音楽室でのキス』は捏造《ねつぞう》ということだ。愛と、当事者である横山、それに横山の友達の伊藤と三宅ででっち上げたのと寸分違わぬことを今、宮本は告げたのだった。

「この映像は、あなたに鑑定の予約を入れる前に、高校の同級生に事情を話し協力してもらったものです。おわかりのとおり、音楽室でのキスはまったくの嘘、まさに捏造で、そのような事実はありませんでした。なのになぜあなたには、その捏造を『鑑る』ことができたんでしょう」

今や宮本は、愛をとり殺しそうな表情を浮かべていた。

「彼女たちはツイッターやブログをやっているのですが、敢《あ》えて何度か私の話題を出してもらい、罠を張りました。作戦は無事に成功し、それから間もなく彼女たちのところにそれぞれ、テレビ局のスタッフ、雑誌の記者、それに僕の自伝を書くというライターを名乗る人物が訪れ、取材を受けたそうです。僕が高校時代に付き合っていた女性について、実にさりげなく、巧妙に問うてきたと、三人とも感心していました。あなたのところのスタッフは優秀なんですね、宮本さん。あなたもかつて、優秀な調査員だったそうですしね」

「……なんてことだ。最初から騙す気だったんだな……っ」

ようやく、宮本は思考力を取り戻してきたようだった。先ほどまでの慈愛に満ちた笑顔はどこへやら、ギラギラと光る目を愛に向けたかと思うと、いきなりカメラへと向かっていった。

「おい！　撮るな！　許可しないぞ！　主旨が全然違うじゃないか！　鑑定をしてもらいたいというから受けたというのに、これじゃまるで詐欺じゃないか！」

撮るな、とカメラのレンズを手で塞ごうとする宮本の、その手を愛が掴み、ねじ上げる。

「痛いじゃないか！」

叫ぶ宮本に対し、愛がよく通る声を張り上げた。

「詐欺はどっちです！　インチキの占いで人を騙してきたのは誰ですか！　そのせいで人の道を踏み外してしまった人間もいるんです！　自分が何をしているか、わかってるんですか！」

糾弾する愛に、杉下がそのレンズを向けていく。

「し、知るか！　占いは占いだ！　信じるほうが馬鹿なんだよっ」

宮本が自棄、とばかりに怒鳴り返す。彼の顔は酷く歪《ゆが》んでいて、醜悪《しゅうあく》、という表現がぴったりだった。

「信じさせるように仕向けていたのはどこの誰だ、という話ですよ」

愛は冷たく笑ってそう言い放つと、カメラへと視線を向けた。

「撤収。編集作業に入る」

「ま、待ってくれ！　俺は撮影を許可しない！　許可しないぞ！」

喚《わめ》く彼に、愛がニッと笑ってみせる。

「顔は出しませんよ。名前もね。音声も加工します。番組を観ただけではどこの誰だかわからないでしょう。放映後、かつてあなたの鑑定を受け、騙されたと感じた人が警察に走ることになるかもしれませんがね」

それだけ言うと愛は、既に機材の片付けを終えていた彼のスタッフを振り返った。

「行こう」

「待ってくれ！　放映しないでくれ！　頼む！　金はいくらでも出すから！」

宮本は愛に取り縋《すが》ろうとしたが、愛はひらりと彼を避け、そのまま部屋を出ていった。

僕も慌てて皆のあとを追い、部屋を出る。

「金で解決できると思っているところが不遜《ふそん》だよね」

足早に事務所をあとにしながら、愛は憤《いきどお》った声でそう言い、抑えた溜め息を漏らした。

「人の弱みにつけ込んで……」

「…………」

確かに。

占いに縋る人というのは、何か悩みを抱えているケースが多いのではないかと思う。そんな人たちの目に、過去の出来事をつぶさに当てる宮本は、すべての悩みを解決してくれる相手として映ったに違いないのだ。

己の未来を委《ゆだ》ねたいと願い、決して安くはない五万円という鑑定料を支払う。鑑定料以外にも、綾部のように金を搾《しぼ》り取られた人も多数いることだろう。

そうした人たちが、少しでも溜飲《りゅういん》を下げられるような番組になるといい。心からそう祈っていた僕の頭の中を覗いたかのように、愛が肩越しに僕を振り返り、頷いてみせる。

任せておけ――声に出して言われたわけではないが、僕の耳にはしっかりと愛の幻の声が届いていた。

実に頼もしい。思わず微笑んでしまいながらも僕は、金曜夜にその『頼もしさ』を伝えるにはどんなスーツ、どんなネクタイがいいかと、その日の愛のスタイリングを懸命に考え始めたのだった。

『……ということで、当たると評判の占い師が、詐欺まがいの方法をとっていたという実録をお送りしました』

その週の金曜日の二十三時半頃。開始の十分でその日起こったニュースを流したあと、今週の特集として愛は、宮本の件をほぼノーカットで放映した。宮本に予告したとおり、顔にはモザイクを入れ、音声も変えてはいたが、実際鑑定されたことのある人なら、気づくに違いない、と確信することができた。

被害者が『被害』を自覚し、警察に訴え出ればきっと、宮本は逮捕されるだろう。それ以前に愛は、綾部の件を斎藤の耳に入れていた。愛はデイトレード自体を疑っており、実際に金の動きはあったのかということを、警視庁捜査一課勤務の斎藤に調べてほしいと依頼し、斎藤からは間もなく答えを得られるところだった。

『なるほどねえ。過去の出来事をぴたりと当てられると、未来も当たるんじゃないかと、皆、期待してしまいますしねえ。まさか、予約日までの間に調査されているとは、普通考えませんよ』

解説のおじいちゃん、進藤が呆れた声を上げるのに、愛が『本当に』と苦笑する。

『この占い師の前職は調査会社の調査員だったのですが、取材の結果、かなり有能と評判だったことがわかりました』

『特技を活《い》かしたということですか』

『ええ、私の学生時代の友人たちも、驚いていました。調査の仕方がごく自然で、私から状況を聞いていたにもかかわらず、最初は調査されているということに気づかなかったと』

『そんな特技があるなら、その道で活かせばいいものを。なんともはや……』

進藤がますます呆れた声を上げるのを横目に、愛がカメラへと視線を戻す。

『勿論私たちは占い全般を否定するつもりはありません。私の友人も占い好きで、毎朝、ニュース番組の占いコーナーで、自分の星座のランキングを見ては一喜一憂していますし』

その『友人』とは僕のことだろうが、一喜一憂しているのは自分も一緒だろうに。つい口を尖《とが》らせてしまった僕の前では、テレビ画面の中から愛が、真《ま》っ直《す》ぐにカメラを見つめ、熱く訴えかけていた。

『心が弱っているとき、人は誰かを頼りたくなる。その「誰か」が占い師である人もいるでしょう。そんな心の弱さにつけいり、お金を巻き上げようとする輩《やから》は、許されざる存在であると思います。今日の特集はそんな、インチキな占い師の手口を皆さんに紹介することで、注意喚起《かんき》を促す、そのきっかけになれば、幸いです』

愛はそう言うと、にっこりと微笑み、いつもの締めの台詞《せりふ》を喋り出した。

『そろそろお別れの時間です。来週はおそらく、今日の特集の続報をお伝えできるのではと思います。それでは皆さん、よい週末を』

続報——というと、逮捕だろうな。『お天気お姉さん』のコーナーがなくなってしまったことを残念に思いつつ、テレビを消したとほぼ同時に、事務所の電話が鳴り響いた。

こんな時間に、と驚きながら慌てて受話器を取る。

「はい、オフィス・Ａｉです」

『斎藤だ。愛優一郎は？』

なんと、かけてきたのは、警視庁の捜査一課に勤務する、斎藤警部補だった。

「あの、今まで本番中だったので、まだテレビ局にいるかと思いますが……」

『本番？　なんだ、だから電話に出やがらなかったのか』

電話の向こうで悪態をつく斎藤に、別に僕が悪いんじゃないが、一応「すみません」と謝っておく。

「あの、今ならおそらく、愛の携帯は通じると思います。伝言でよければお預かりしますが……」

『ボーズ、もう夜中だぞ。こんな時間まで働かされてるのか？　親御さんはなんて言ってる？　怒られないのか？』

斎藤は伝言を預けるのではなく、そんなことを聞いてきた。

「いや、あの……」

斎藤に自己紹介をしたことはなかったが、もしや彼も僕のことを大学生のバイトとでも思っていたのだろうか。咄嗟《とっさ》に声を失っていた僕の耳に、斎藤の声が響く。

『冗談だ』

「あのねえ」

脱力したあまり、乱暴な言葉になってしまった。しまった、と思いはしたが、そのときには既に斎藤が喋り出していた。

『愛キャスターに伝えろ。宮本が綾部さんに紹介したトレーダーは彼の仲間で、実際、預かった金は少しも動かしちゃいなかった。裏が取れたこともあり、宮本には詐欺罪で逮捕状が出たと。それじゃあな』

一方的にそれだけ喋ると、斎藤警部補は電話を切ってしまった。

「もしもし？」

『冗談だ』からまだ立ち直っていなかった僕は、一瞬唖然としていたが、すぐに我に返り、電話に呼びかけたものの、聞こえてくるのはツーツーという機械音のみで、まったくもう、と悪態をつきつつ受話器を置いた。

と、今度は僕のスマホが鳴り出したものだから、誰だ、と置きっ放しにしていたリビングのテーブルへと向かう。

かけてきたのは愛で、早速伝言を伝えねば、と通話ボタンを押したと同時に喋り出す。

「もしもし？　今、斎藤警部補から電話があった」

『こっちも綾部から電話があったぞ。宮本逮捕の報が警察から入ったって』

「そうか。よかったよな。無事、逮捕されて」

伝えるまでもなかったか、と思いながら愛にそう告げると、

『金は戻らないと言われたそうで、綾部は落ち込んでいたけどな』

電話の向こうで愛は苦笑しつつも、声に喜びを滲《にじ》ませている。

「そしたら打ち上げあるんだろ？　ゆっくりしてくるといいよ」

予告したとおり、来週の特集は宮本逮捕になるんだろう。番組をきっかけに犯罪者が一人、逮捕された。この先、宮本に騙され、金を巻き上げられた挙げ句に泣き寝入りする被害者はもう、出てこないということだ。

そうした場合、プロデューサーの池田の声がけで、いつもより豪華な『打ち上げ』がおこなわれるのが常である。

帰宅は遅くなるだろうから、その間に原稿を進めておこうかな――と考えていた僕の頭

の中を読んだようなことを、愛が電話越しに口にする。

『池田先輩が、是非お前も呼べってさ。学生時代の僕の話を聞きたいそうだ。タクシー飛ばしてきてくれないか？　四谷《よつや》三丁目の「羅生門《らしょうもん》」、焼き肉だ』

「いや、いいよ。もう遅いし。それに斎藤警部補にも言われちゃったし」

『なんて？』

不思議そうに問い返してきた愛は、僕の答えを聞いて噴き出した。

「こんな遅い時間までなにやってる、親御さんに怒られるぞって」

『斎藤さんもそんな冗談言うようになったとは。受けたよ。それじゃ、待ってるぞ』

笑わせただけで、結局誘いを断るまでには至らなかったが、綾部のためにも、また、この先宮本に騙され、金を巻き上げられかねなかった被害者予備軍のためにも、宮本逮捕は喜ばしいよなとは僕も思っていたので、その祝杯を挙げるために愛に指定された焼き肉店に向かうべく、今夜の仕事は諦め、出かける仕度を始めたのだった。

顔出しOK

「最近、顔出し取材、なくなったよな」

朝食のとき、つけていたテレビから流れてくる番組を観《み》ていた愛《あい》がぽつりとそう言い、僕が作ったベーコンエッグの黄身の部分にフォークを突き立てた。

「硬いよ。もっととろっとしたのが好きだ」

「それは悪かった」

僕は正直、料理がそう得意じゃない。大学までは親元から——因《ちな》みに大学卒業と同時に父の転勤で両親は名古屋《なごや》に引っ越してしまったのだが——入社後は会社の寮に入ったため、自炊は殆《ほとん》どしたことがなかった。

愛と一緒に暮らし始めるにあたり、一週間交替の『食事当番』を課せられることになったので、料理の本を買って必死に勉強した。一方愛は、夕食は気が向いたときには結構凝《こ》ったものを作る。が、殆どの場合は『気が向かない』ので、外食が多い。

そして朝食は、『栄養バランスを考える必要がないのがいい』と、彼が当番のときにはグラノーラしか出ない。

一方僕は、といえば、一応、昨日は和食だったから今日は洋食にしようか、くらいのことは考えて作っている。昨日は白米だったから、今日はトーストとベーコンエッグ、サラダは市販の明太ポテトサラダにしたが、グラノーラよりは充分、手が込んでいると思う。

卵の焼き加減くらいは我慢してくれればいいのに、と不満に思いながらもテレビを見やると、珍しくそこには『顔出し』をしている男が映っていた。

「珍しいね」

今、放映している内容を見ようと画面の右上を見ると、二十五歳ＯＬの殺人事件だとわかり、驚きを新たにする。

事件、こと、殺人事件となると、取材を受ける側はたいてい、顔出しＮＧを主張する。たとえ犯人が逮捕された件であっても、出所後、『お礼参り』に来るかもしれない、という恐れを抱いている人が多く――実際、そうした事件があったそうだ――今は殆どの人が、『顔出しＮＧ』を選ぶのだそうだ。

最近では『音声もＮＧ』『顔写さなくてもＮＧ』といったケースも多いように思う。見る人が見ればわかってしまうからだろうが、番組の作り手側としたら頭が痛いのではないだろうか。

そんなことを思いつつ、愛を見る。愛はテレビ画面に真剣に見入っていた。彼に倣《なら》い、僕も放映中の番組に意識を向けた。

『被害者の武藤実夏《むとうみか》さんですが、どういったかたでしたか？』

レポーターがマイクを向けているのは、テロップによると被害者のＯＬが住んでいたアパートの大家らしい。

『どうって……明るくて、感じのいい人でしたよ。朝の挨拶《あいさつ》くらいでしか、口をきいたことはなかったですけどね。彼女くらいだったんじゃないかな。同じアパートの住人に挨拶していたの。いい会社にお勤めのかたは、そういうところきちんとしているんだなと毎朝感心していました』

しみじみした口調で話している『大家』は四十代の、痩《や》せていて、なんだか神経質そうな印象を受ける男だった。

『いつからこちらにお住まいだったんです?』

『半年くらい前でしたか。前のアパートの契約更新を機に引っ越してきたとのことでしたが、理由はそれだけではなかったというようなことも、あとから言ってました』

『どんな理由だったんでしょう?』

『さあ、詳しくは聞いていないのでなんとも……』

首を傾《かし》げる大家に、レポーターが事件について話を振る。

『事件のあった時間……昨夜の午前零時頃ですが、何か気になることはありませんでしたか?』

レポーターの問いに大家は、

『その時間には寝ていたので何も……。たいてい、夜は早く寝てしまうんです』

と首を横に振ったが、続いてレポーターが、

『事件のあった日以外でも、何か気になったことがあれば』

と話を振ると、『それなら』と答え始めた。

『数日前、夜中に男女が大声で罵《のの》り合っていたんですが、女性の声が被害者のかたに似ていた気がしました。このところ、なんていうんでしょう……痴話喧嘩《ちわげんか》、みたいな声はよく響いていたんですよね。夏だからみんな、窓を開けているからかもしれませんが……』

『男女が言い争う声を聞かれたんですね。その声が被害者の武藤さんに似ていたと』

確認を取るレポーターに大家は、

『私にはそう聞こえました』

と頷《うなず》いた。

画面はスタジオに切り替わり、レポーターとキャスターが会話を始める。

『管理人さん以外にも、男女の争う声を聞いたという話は、住人から聞くことができました。亡くなった武藤さんが、と特定してらした方もいらっしゃいました』

『言い争っていた相手は誰か、ということはわかっているんですか？』

キャスターの問いにレポーターが、

『恋人ではないかと。武藤さんの部屋を頻繁《ひんぱん》に訪れる男性がいたということを、管理人さんからも、同じアパートの住人からも聞くことができました』

『そうですか』

キャスターが意味深に黙り込む。

その恋人が怪しい——という流れにしたいんだろうな、と僕が思ったとおりの問いを、キャスターがレポーターにしかける。

『警察からの発表はまだないんですよね。どのような捜査をしているか、何かわかったことはありますか？』

『近所の住民に、目撃情報を募っているという話は出ました。あとは、武藤さんと恋人と思われる人物との喧嘩について、どのようなことで争っていたのか、ということを警察から聞かれた人もいるそうです』

『恋人は特定できているんですよね』

『はい。武藤さんと同じ会社に勤めていた先輩で、今、彼は会社を辞めているとのことです。それ以上のことはわかっていません』

『そうですか。警察がその恋人とコンタクトをとったという情報はありませんか？』

『そうした情報を得ることはまだ、できていません』

レポーターが神妙な顔で頭を下げる。キャスターはそんな彼女に『わかりました』と微笑むと、視線をカメラに向け、視聴者にコーナーの終わりを告げた。

『武藤さんの殺害について、何か新しい情報が入り次第、お知らせ致します。次は山田《やまだ》さん、お願いします』

カメラは山田というレポーターに切り替わり、彼が取材してきたという、国際ロボット展に話題が移ったところで、いきなりプツ、とテレビのスイッチが切られた。

「愛？」

リモコンを操作した愛に、どうした、と問いかける。

「今週の特集はこれだ」

愛はそう言ったかと思うと、やにわに立ち上がった。

「『チーム愛』に招集をかけてくれ。僕は池田《いけだ》先輩に承諾を得る」

「え？　朝ご飯は？」

まだ食べている最中じゃないのか、と問いかけた僕を愛が申し訳なさそうに振り返る。

「悪い。続きは帰ってから食べる。さあ、行こう」

「あ、うん」

せっかく作ってもらったのに、という気持ちはあるようだが、気が急《せ》いているらしい。

それなら、と僕は慌てて皿にラップをかけると、杉下《すぎした》に連絡をとるべく電話へと走ったのだった。


「ああ、俺も観てた。犯人は彼氏って感じの報道だったよな」

バンの中、愛が杉下らに話を振ると、まず杉下がそう答え、運転中の三島《みしま》も、

「あれはもう、警察の捜査も恋人犯人で動いてるんでしょ」

と会話に参加してきた。

「そうじゃなかったら、あからさますぎるもの」

「一応、恋人についての詳しい情報は出してないものの、摑《つか》んでいるんじゃないのかな。逮捕の瞬間、いっせいに出すんだろう」

昔からある手口だよ、と、それこそ『昔』をよく知る八重樫《やえがし》もまたそう言い、頷く中、愛だけが異論を口にし始めた。

「本当に、恋人が犯人だろうか」

「愛さんの意見は違うんですか？」

八重樫が意外そうな顔になる。

「そもそも、どうしてこの事件をターゲットにしたの？」

三島の疑問は僕も抱くもので、その理由を聞きたい、と愛へと視線を向けた。

「テレビで観たからさ。大家のインタビューを」

「大家？」

杉下が眉を顰《ひそ》め、問いかけてくる声と、

「あ、覚えてる。珍しく顔出ししてたわね」

運転席の三島の声が重なって響く。

「顔出し？　もしかしてその大家、年寄り？」

八重樫の問いに、そうでもなかった、と僕は首を横に振った。

「四十代に見えましたよ。神経質そうな感じの」

「へえ、若いのに危機感ないな。恋人が怪しいとかは言ってなかったの？」

見た目はともかく、五十近い八重樫にとって『四十代』は『若い』という感覚らしい。

実際、お年寄りの中には、顔出しについて頓着《とんちやく》しない人が結構いるというのは事実なので、彼は大家が年寄りだと思ったようだ。

「具体的に恋人については触れてなかった。放映された部分ではね。でも、痴話喧嘩については喋《しゃべ》っていた。被害者と恋人だとは特定していなかったけれど」

僕が答えようとしていたことを愛はすらすらと告げたあと、

「気になったんだよね」

と一同を見渡した。

「気になった？」

何が、と杉下が愛に問い、皆の目が——運転中の三島以外、だが——愛に集まる。

「顔出しが」

「大家が顔出しをＯＫしたことがかい？」

問いかけた僕に愛が「そうだ」と頷く。

「あ、もしかして」

と、ここで八重樫が悪戯《いたずら》っぽく笑い、後部シートから身を乗り出すと、中央のシートに座る愛の顔を覗《のぞ》き込んだ。

「『大家が犯人』っていうの、狙ってる？　あのとき痛ましげにインタビューに答えていた、この大家こそが犯人です！　ってやつ」

「昔は結構あったよな。犯人が白々《しらじら》しい顔でインタビューに答えてましたっていうの」

杉下もまた、頷くのに、愛は、にっこり笑うだけで、そうだとも違うとも答えなかった。

「で？　向かうのは大家のところ？」

三島が運転席から問いかけてくる。

「いや、国分寺《こくぶんじ》に向かってくれるか？　被害者、武藤さんの恋人の新井和文《あらいかずふみ》の家だ」

「え？　恋人のほう？」

意外そうな声を上げる三島に、愛が「そうだ」と頷く。

「取材拒否されるんじゃないのか？」

杉下が言うのと同じことを僕もまた思っていた。

「顔出しはＮＧだろうね。残念だけど」

愛が首を横に振りつつ杉下に答える。

「恋人の名前、いつの間に調べたんだ？」

「池田さんが知ってたよ。朝のニュースでこの件は放映してたからね。そっちのスタッフも向かうと言っていた。まあ、難しいだろうが、トライする価値はある」

愛はそう言うと、一人気合いを入れるように大きく頷いてみせた。

「…………」

わからなくなってきた。愛は先ほど、大家の『顔出し』が気になったと言っていたが、結局犯人は新井という名の恋人だと思ってるということなんだろうか。

取材許可が得られるとは思えないのに、なぜ敢《あ》えて恋人の新井のところに行くのか。わけがわからないが、愛の顔は自信に満ちている。

勝算有り、ということなんだろう。期待感が僕の胸にも満ちてくる。

これから僕の目の前で、どんなことが起こっていくのか。結果、事件は解決をみるのか。わくわくする気持ちを抑えかねていた僕の心を読んだのか、愛は、仕方ないな、と言うように苦笑し、肩を竦《すく》めてみせたのだった。


国分寺と国立《くにたち》の中間くらいにある、新井の実家の周辺には、マスコミの人間のものと思《おぼ》しきバンが何台も停《と》まっていた。

『犯人』と決まったわけではないので、おおっぴらに取材はできないようだ。しかも一般人となると、無理矢理カメラを回すことはできないのだろう。

愛はどうするのか、と思っていると、愛は杉下らに「ちょっと待ってて」と告げ、僕に、

「行こう」

と声をかけてバンを降りた。僕も慌ててあとに続く。愛が車から降り立つと、近くに停

まっていたバンの窓が開き、見覚えのあるレポーターたちが一斉に顔を出した。

彼らに愛は会釈《えしゃく》をすると、真《ま》っ直《す》ぐ新井の家に——一戸建ての住宅だった——向かっていった。

インターホンを鳴らし、応対を待つ。

『……あの……』

インターホンから響いてきたのは、中年の女性の声だった。

「こんにちは。愛優一郎《ゆういちろう》です」

すかさず愛は名乗り、カメラに向かってにっこり、微笑《ほほえ》んでみせた。

『あら』

スピーカー越しに聞こえる声のトーンが一気に上がったのがわかった。

「新井和文さんのお母様ですか。和文さんに少しお話をお伺いしたいのですが、お取り次ぎ、いただけませんでしょうか」

だが愛がカメラをじっと見つめながらそう告げたのには、再び彼女の声のトーンは下がることとなった。

『あの……困ります。うちの子は事件については何も知りません』

それでは、とインターホンを切ろうとする彼女に愛が声をかける。

「待ってください。私も息子さんが犯人とは思っていません。おそらく、犯人に仕立て上げられようとしているのだと思われます。息子さんを無実の罪から救う手助けがしたいのです。今のままでは日常生活にも支障が出るでしょうし、会社勤めにも影響するでしょう。一刻も早く真犯人が逮捕されるよう、息子さんに協力を仰ぎたいのです。そう、お伝えいただけませんでしょうか」

『え？　あの……』

愛の発言は母親にとって思いもかけないものだったようだ。

『少々お待ちください』

訝《いぶか》しげにそう告げたあと、インターホンが切られた。そのまま時間が過ぎていく。

「もう一度、鳴らしてみるか？」

インターホンを、と愛に問うと、愛は大丈夫だろう、というように微笑み、首を横に振った。

待つこと五分。諦めかけていた僕の目の前で、門から一メートルほど先にある玄関のドアが開く。

「あの……どうぞ」

小さく開いたドアから顔を出したのは、先ほどインターホンで話したと思しき母親だった。

「ありがとうございます」

愛がにっこりと微笑み、自分で門を開いて中に入る。僕も彼に続き、門をしっかり閉めると玄関のドアから中へと入った。

「息子に伝えたところ、信用できないとは言っていましたが、話を聞くくらいなら、と……」

母親がそう言い、ちらと愛を見る。

「息子さんが私を疑われる気持ちはわかります。とにかく、話をさせてください」

愛は真摯《しんし》な眼差《まなざ》しを母親に注ぎ、力強い口調でそう告げた。母親の頰《ほお》がみるみるうちに紅潮してくるのを前に、あなたの気持ちはわかります、と心の中で呟《つぶや》く。

「それでは、どうぞ」

母親のあとに続き、階段を上ってすぐのところにある部屋の前に立つ。

「和文、入るわよ」

ノックをしたあと、母親がドアを開く。愛と僕は母親に続いて部屋に入った。

綺麗《きれい》に片付いた部屋だった。クロゼットは壁に造り付けのようで、室内にはベッドと机くらいしかない。

その机に付随《ふずい》した椅子《いす》に、和文と思しき若い男が座り、僕らを――というより、愛を睨《にら》んでいた。

「今、お茶をお持ちしますね」

去ろうとする母親に愛は「どうぞお構いなく」と微笑んだあと、視線を和文へと移した。

「はじめまして、愛です。このたびは取材をお受けくださりありがとうございます」

「受けたわけじゃない。話を聞きたいと言っただけだ。言っておくけど、放映の許可は出したわけじゃないから」

「わかってます。犯人でもないのに犯人扱いされるようになったのは、マスコミのせいですから。私もマスコミの一人として、責任を感じています」

愛は真っ直ぐに和文を見つめそう言うと、深く頭を下げた。僕も彼に倣い、頭を下げる。

「……犯人……………」

和文が呟いたあと、愛に向かい身を乗り出してきた。

「犯人でもないって、今、そう言ったか?」

「はい。あなたは犯人じゃないでしょう?」

愛がにっこりと微笑み和文に向かって頷いてみせる。

「ああ。犯人じゃない……犯人じゃないんだ……っ」

愛に『犯人ではない』と言われたことが余程嬉《うれ》しかったのか、和文は今、涙ぐんでいた。椅子から立ち上がり、愛に縋《すが》り付くようにして訴えかけてくる。

「わかっています。あなたは犯人に仕立て上げられようとしている。真犯人の手によって。あなたを僕は救いたいのです。そのために話を聞かせてもらえますか？　あなたの許可が得られるまで、番組ではあなたの仰《おつしや》ったことは放映しません。それはお約束いたします」

愛の言葉の一つ一つに和文は頷いていた。

「……何を話せばいいいんです？」

愛が見つめる中、和文がそう問いかけてくる。

「立ち入ったことで申し訳ないのですが、お二人の口論の理由はなんですか？」

「ああ……」

途端に和文は苦々しい顔になったものの、問いには答えてくれた。

「馬鹿馬鹿《ばかばか》しいことです。なぜか彼女は僕が浮気をしていると思い込んでいて、毎度、それを問い詰めてくるんです。でも、本当に事実無根なんですよ。彼女、いい子ではあったんですが、なんというか酷《ひど》く嫉妬《しつと》深くて。僕が彼女と同じ会社を辞めたのも、彼女が勝手に僕と今年入社のアシスタントの女の子の仲を勘ぐって騒いだからでした。アシスタントの子がメンタル崩して辞めた、その責任を僕がとる形で僕も辞めることになって……なんていうか、エキセントリックなんですよ。でも、悪い子じゃない。情に厚いしね。なので別れる気はなかったんです。でも最近ではもう、疲れてしまって……」

はあ、と和文は深い溜め息を漏らし、項垂《うなだ》れる。

「その、もとアシスタントの女性との仲を、武藤さんは未《いま》だに疑っていらしたということですか？」

愛が、敢えて作ったと思しき、淡々《たんたん》とした口調で問いかける。なんのコメントも挟まない問いかけは、和文にとっては答えやすいものだったらしく、

「はい」

と頷き、再び話し始めた。

「嘘《うそ》でもなんでもなく、その子とはなんの関係もなかったし、お互い会社を辞めたあとには連絡を取り合ってもいません。彼女が今、どこで何をしているか、僕はまったく知らないのに、実夏はなぜか二人の関係は続いているという妄想にとらわれていて、ことあるごとにつっかかってくるんです。最近ではさすがに、いい加減にしろ、という気持ちがどうしても先に立ってしまい、言い争うことも多くなりました。なぜ、彼女がそんな妄想にとらわれているのか、まったく理解できません。誰かに何かを吹き込まれてるんじゃないかと、そうとしか思えないくらい、執拗《しつよう》だったんです。あれはほんと、なんだったんでしょ

うね」

　問われても愛に答えられるはずはないだろうに。そう思った僕の心が伝わりでもしたのか、ここで和文は我に返った顔になると、

「すみません、興奮してしまって……」

　と少し照れた様子で頭を掻《か》いた。

「いや、お気持ちはわかります」

　愛がまたもにっこりと微笑み、頷いてみせる。

「彼女が猜疑心《さいぎしん》を抱くに至ったのは、何か理由があったんでしょうか。たとえば、社内で噂《うわさ》になった、とか」

　笑顔のまま問いかけた愛の前で、和文が首を横に振った。

「噂……というか、アシスタントの子の好意の示し方は目立っていたかもしれません。ただ、その『好意』は先輩社員に対するもので、恋愛の対象というわけではなかったと思うんですが」

　言いづらそうに答えた和文は、確かに新入社員の女の子が憧れるに違いない容貌《ようぼう》をしていた。身長は百八十を超すんじゃないだろうか。スポーツマンタイプの、実に爽《さわ》やかなイケメンである。

「でも、誓っていいますが、彼女とは会社を離れたところで会ったことはありませんでした。彼女も僕には付き合っている人がいると知っていましたし。そのことに関して『羨《うらや》ましい』程度のことは言われましたが、それ以上のアプローチはありませんでした。なのに実夏が騒ぎ立てるから、結局会社を辞めることになってしまって……気の毒でしたよ。本当に……」

やれやれ、というように溜め息をつく和文に、愛が問いを重ねる。

「最後に武藤実夏さんに会われたのはいつです？」

「彼女が殺された前日です。事件のあった日は、彼女の家には行ってないんです。それを証明できなくて……家族の証言って、証拠としての役割を果たさないそうですね」

残念そうに彼がそう告げたとき、ドアがノックされ母親が盆に紅茶を載せて室内に入ってきた。

「お袋、事件の夜、僕は確かに家にいたよな？」

紅茶と洋菓子を僕らに振る舞おうとしている母親に、和文が問いかける。

「いましたよ。この部屋で翌日の面接の練習をしているのを下で聞いていましたもの。刑事さんにもさんざん言ったんですけど、家族の証言だけではアリバイにはならないって。酷い話ですよね。それじゃあ夜中に自宅にいた、という人間は、誰もアリバイが成立しないってことになるじゃないですか。ねえ、そう思いませんか？」

　愛に食ってかかる勢いでそう告げる母親を制したのは息子の和文だった。

「仕方ない。ルールだから。でも、僕はあの夜、一歩も外には出ていない。街中の防犯カメラを調べてもらってもかまわない。当然、彼女の家の近所も、だけど……とはいえ、『行った』ことの証明より『行かない』ことの証明のほうが難しいんだろうな……」

　はあ、と溜め息を漏らす和文は、既に諦めきった表情をしていた。

「再就職の目処《めど》が立っていたのが、これでもうチャラです。残念ですけど、それでもまだ、殺人犯として逮捕されるよりはマシです」

　はあ、と再度深い溜め息を漏らした和文に対し、僕は何もかけるべき言葉が見つからなかった。愛もまたそうであったようで、神妙な顔をし俯《うつむ》いている。

「……でもまあ、色々ありましたけど……」

　和文が再度口を開いたのは、一分ほど経《た》ったあとだった。

「綺麗事になるとはいえ、彼女の死を願ったことはありませんでした。会えば喧嘩になり、夜中に彼女のアパートを飛び出す、という日々を繰り返してはいましたが、就職先が決まったら、プロポーズするつもりでした。まさか殺されるなんて……一体どこの誰が……」

　許せない、と呟く和文の顔は、愛する人を失った悲しみに満ちていた。

おそらく、彼の言葉に嘘はないに違いない。そう感じさせるだけの何かが、和文にはあった。

「ありがとうございます。最後に一つだけ」

愛も同じ思いだったのか、笑顔で頷いたあと、改めて和文に問いかける。

「最近、何か変わったことはありませんでしたか？　なんでもいいのです。武藤さん関係でなくても」

「え？」

和文にとっては意外な問いだったようで、驚いたように目を見開きはしたが、すぐさま、

「……そういえば」

と実に意味深な答えを返してきた。

「さっきは、会社を辞めた後輩とは、それ以来会っていないと言いましたが、一週間くらい前だったか、偶然、電車の中で会ったんです。距離もあったし、お互い会釈をしただけでしたが、なぜかそのことを実夏は知ってました。それで言い争いになったんです。よく考えたら、なぜ彼女は知ってたんだろう……？」

不思議そうな顔になった和文に、愛が問いを発する。

「新井さん、ＳＮＳは何かやられてますか？」

「SNS？　ああ、ツイッターとかフェイスブックですか？　やってません。私生活をネットに上げるのって、気味悪くないですか？」

和文が顔を顰《しか》め、答えたあと、

「あ！」

と高い声を上げた。

「もしや、後輩の彼女はやっていたかもしれない？」

愛の問いに和文が「ええ」と頷く。

「名前、教えてもらえますか？」

「山寺《やまでら》さゆみです。さゆみはひらがなで」

「竹之内《たけのうち》」

愛に指示されるまでもなく、僕はスマホを取り出し、フェイスブックでその名前を検索していた。

「どの子でしょう」

珍しい名だと思ったのに、アルファベットのみも入れると数名、候補が現れる。

「彼女です」

プロフィールの写真を見て、和文が選んだその女性のページを開くと、全体公開になっていたため、僕のスマホからでも内容を読むことができた。

「ああ、書いてますね」

一週間前の日付を探し、その記述に辿《たど》り着く。

『今日は辞めた会社の先輩と偶然会った。向こうも気づいてくれて、アイコンタクトしちゃった。やっぱりかっこいいなあ。いろいろあったけど、うん、やっぱりかっこいい』

「……いろいろ……」

思わず呟いてしまうと、和文が慌てた口調で声を発する。

「な、何もないですよ？　会社を辞めさせられたことを言ってるんだと思います」

「意味深ですよね。おそらくですが、わざとなんじゃないかな。彼女、武藤さんが自分のフェイスブックをチェックしているの、知っていたんじゃないですかね」

愛の言葉に、和文は「そんな……」と呟いたが、

「ちょっと、見せてもらっていいですか」

と僕からスマホを受け取り、過去に遡《さかのぼ》って彼女のページを読み始めた。

「…………なるほど……これだったんだ……」

呟く彼の顔には、やりきれないといった表情が浮かんでいた。先ほど愛が指摘したとおり、後輩の山口さゆみは武藤実夏が読んでいることを承知の上で、わざと意味深なことを

書いていたのだろう。

動機は会社を辞める羽目になったことへの復讐《ふくしゅう》か。それとも武藤と和文を別れさせようとした策略か。

本人に確認しなければわからないが、武藤実夏にとっては充分有効だったということはわかった。

「僕は……何もわかってなかった。妄想だ、で片付けてた……」

力なく呟く和文の、がっくりと落ちた肩を愛が、ぽん、と叩《たた》く。

「あなたが気にされる必要はないですよ。実際、『妄想』だったんですから」

「…………」

愛の言葉に、和文は、はっとしたように顔を上げたが、すぐ、何も言わず、溜め息と共に俯いた。

「それでは失礼します」

愛が頭を下げ、ドアへと向かう。

「ありがとうございました」

『チーム愛』を連れてきたから、てっきり撮影交渉に入るのかと思ったが、どうやらこのまま帰るようである。

意外だったな、と思いながら僕は愛に続き、僕らを見送る気持ちの余裕もないらしく、室内で一人固まっていた和文を残し、外に出た。

和文母に頼まれ、色紙にサインをしたあと、愛は僕を連れ、杉下らが待つバンへと戻った。

「撮影はなし?」

三島の問いに愛が「ああ」と頷く。

「ちょっとショックを与えてしまったからね。OKは出なかったと思う」

愛はそう言い、肩を竦めてみせたあとに、

「だから」

ニッと笑い、一同を見渡した。

「『顔出しOK』のところに行こうじゃないか」

「顔出しOK?」

疑問の声を上げた八重樫の声に被せ、杉下の、

「大家か」

の渋い声が響く。

「あの人、出たがりよね。いろんな局のニュースで観たわ」

うんざりした口調で三島がそう言い、愛を振り返る。

「彼に取材しても、同じような画《え》しか撮れないんじゃないの？」

「かもね」

愛は彼女に微笑んだあと、

「ならどうして……」

わざわざ行くのか、と問いかけたその言葉に被せ、驚くべき発言をしたのだった。

「彼が犯人である可能性が高いからだ」

「えっ？」

「あの大家が？」

驚きの声を上げたのは僕だけではなかった。

「適当言ってない？」

「犯人なら、顔出ししないだろう」

杉下が、三島が、八重樫がそれぞれに驚いた声を上げるのに、愛は、実に涼しい顔のまま、

「間違いないと思う」

と告げ、大きく頷いてみせた。

「根拠は？　まだ、取材もしてないだろ？」

なのに『間違いない』というのはどういうことか。問いかけた僕に対する愛の答えは、

「あの顔出しだよ」

という、意味のわからないものだった。

「顔出しって、朝観たニュースか？」

思えば、あの映像を観たのが、こうして取材に来たきっかけだった。しかし映像のどこにそんなヒントが隠されていたのか。

今や頭の中がクエスチョンマークだらけになっていた僕に、愛がニッと笑ってみせる。

「そうだ。あれでピンときた。犯人はあの大家だと」

「『あれ』ってどこだ？　僕は全然ピンとこなかったけど」

同じものを観ていたはずなのに。首を傾げまくる僕に、愛は同情的としかいいようのない視線を向けたあと、

「とにかく、行こう」

と三島に、車を出すよう指示を出した。

「行けと言うのなら行くけど……」

三島は釈然としない顔をしつつも、言われたとおりエンジンをかけ車を発進させる。杉

下も八重樫も半信半疑といった顔をしていたが、僕は正直、『半分』どころか七割くらい、愛の言葉を疑っていた。

とはいえ、『チーム愛』のリーダーはいわずもがな、愛である。拒否権はないとはいえ、本当に大丈夫だろうかという心配は募る。

まあ、愛も、僕に心配されたくはないだろうけれども。そんなことを考えているのがわかったのか、愛はちらと僕を見たあと、やれやれ、というような顔になり、やっぱり心配されたくないんだなと悟らせてくれたのだった。

事件現場は武蔵境《むさしさかい》の住宅街だった。駅からは徒歩十二、三分といったところである。

取材クルーたちはまだ、アパート前に待機していた。待機していたのはテレビ局のカメラだけではなく、アパート前に僕は、見覚えがありすぎるほどにある男の姿を見いだした。

「愛、あれって……」

当然気づいているだろうとは思いつつも、愛の注意を促《うなが》す。

「斎藤《さいとう》さんだろ？　取材はさせてもらえないにしても、話くらい、聞いておこう」

やはり愛は斎藤の存在を認識しており、そう言ったかと思うとバンを降りて真っ直ぐに斎藤へと向かっていった。

「斎藤警部補、お久し振りです。斎藤さんがこの事件、担当されるんですか？」

にこやかに問いかけた愛に対する斎藤のリアクションは——無視、だった。

予測はしていたとはいえ、完全無視というのは凄《すご》いな、と思わずその顔を凝視してしまう。

愛は、といえば、まるでめげることなく、斎藤に話しかけ続けていた。

「朝、この事件の報道を観た瞬間、キャスター魂《だましい》が疼《うず》いたんですよ。犯人を一刻も早く逮捕せねば、というね」

「……逮捕するのは警察だ」

聞き捨てならないと思ったらしく、斎藤がようやく口を開く。狙ったな、と察した僕に愛はパチ、と軽くウインクしてみせてから、斎藤へと視線を向け口を開いた。

「当然です。しかし今回はマスコミも黙ってはいられなかった。自己顕示欲《けんじよく》を満たす手助けをさせられたんだから」

「自己顕示欲？　ああ、大家か」

斎藤が、面倒くさそうな顔になる。

「出たがりの大家がお前の鼻につこうがつくまいが知ったことか。忙しいんだ。さあ、帰れ」

相手などしていられないとばかりに、斎藤が愛を追い返そうとする。そんな彼に愛が肩を竦めてみせた。

「鼻についた程度じゃ来ませんよ。犯人だと思ったから来たんです」

「なんだと？」

「愛!?」

まさか、ここで手の内を明かすとは、と驚く僕の声と斎藤の声が重なって響く。途端に斎藤は不快そうな顔になり僕を睨んできたものだから、その眼光の鋭さに身を竦ませてしまった。

「言っていい冗談と悪い冗談があるってことくらい、わかってるよな？」

斎藤の視線が僕から愛へと移る。僕に向けていた以上の厳しい目を向けられているというのに、愛は平然としていた。

「勿論《もちろん》。警察相手に冗談が言えるほど、僕は肝《きも》が据《す》わっちゃいませんよ」

『平然』どころか、揶揄《やゆ》しているととられても仕方のない言葉を告げたものだから、僕は焦って愛の腕を摑み、この場から一刻も早く立ち去ろうとした。

「待て」

と、背中に斎藤の声が刺さる。これは相当怒っていると感じざるを得ない厳しい声音《こわね》で、公務執行妨害とか適当言われて逮捕されたりして、と本気でビビってしまった。

「なんです？」

しかし愛は少しも臆《おく》した素振りをみせず、笑顔で斎藤を振り返ると爽やかな声音で尋ね返した。

「大家が犯人って言ったな？　今」

斎藤が愛に確認を取る。

「はい」

「何か摑んでるのか？」

斎藤が眉間《みけん》にくっきりと縦皺《たてじわ》を刻み、問うてくる。

彼は見るからに愛を疎《うと》んじているが、こうして聞いてくるあたり、愛の推理能力には一目置いてくれているのかもしれない。

しかし、実際は何も摑んでいないと思うのだが。今朝、ニュースで大家を観たあとに愛が取った行動は、被害者の恋人のところに話を聞きに行っただけだ。

その場に同席はしたが、大家の話題は殆ど出なかったように思う。なので斎藤同様、愛が『犯人は大家』と言いだしたことに、僕も『チーム愛』の皆もびっくりしたのだ。

果たして愛はなんと答えるか。見守る中、相変わらず爽やかな口調で愛が答えを返す。

「まだ何も。これから摑みに行こうとしているところです」

「なんだと？」

斎藤が呆《あき》れ返った声を上げたあと、ますます厳しい目で愛を睨んだ。

「ふざけてるのか？」

「ですから、警察相手にふざけるほど、僕は肝が据わってはいません」

苦笑する愛に斎藤は一瞬、何かを言いかけたが――おそらく罵声《ばせい》を浴びせようとしたと思われる――やがて、やってられない、というように首を横に振ると、そのまま何も言わず踵《きびす》を返してしまった。

「じゃ、行こうか」

その様子をこわごわ見ていた僕に、愛が笑顔で声をかけ、アパートへと向かっていく。

斎藤は睨んでいたが、何も言ってこないところを見ると『容認』してくれたということなんだろう。

大家は愛の取材を――テレビカメラを回した上での取材を受けるだろうか。そして本当に大家は犯人なんだろうか。愛は何を摑もうとしているのか。

すべて語尾に『?』マークがついてしまっているな、と心中で呟く僕の前で、愛が大家の部屋のインターホンを押す。

「はい」

ドアが開き、大家が顔を出した。インターホン越しに話すんじゃないんだ、と驚いたが、愛を見た大家は僕以上に驚いていた。

「愛キャスター？　二十三時二十分の男じゃないですか。え？　取材ですか？」

声を弾ませる大家の目が爛々《らんらん》と輝いている。これは聞くまでもなく、取材ＯＫだろうなと思っている中、愛が彼に問いかけた。

「はい、是非お願いしたいのですが。カメラを入れてもよろしいですか？」

「ええ、どうぞ」

即答した大家は逆に愛に問い返してきた。

「あとでサイン、いただけますか？」

「ええ、勿論」

愛がにっこり笑って頷く。サインか、と内心呆れていた僕に、愛が小声で指示を出した。

「杉下さんたち、呼んで」

「あ、わかった」

た。

愚図愚図《ぐずぐず》するな、と言いたげな彼の視線を浴び、慌てて僕はバンへと向かって駆け出し
杉下らは既に、準備を終えていた。彼らを連れて大家のもとに戻るのを、斎藤が少し離れたところから厳しい目で睨んでいる。

「おっかないねえ」

八重樫が肩を竦め、ぼそりと呟いた声は、傍《そば》にいる僕の耳にすら届かないくらいのトーンだったのだが、斎藤は地獄耳なのか、その瞬間、しっかり八重樫を睨んでいて、ますます彼をビビらせたのだった。

「顔や声もそのままでよろしいですか？」

撮影の準備はすぐに整い、ドアを背にした状態で大家が取材に答えることとなった。愛が確認を取ると大家は「いいですよ」と即答し、八重樫がライトで照らす中、杉下の構えたカメラのレンズに目線を向けた。

ああ、なんかちょっと――違和感がある。というのは随分ソフトな言いかたで、はっきりいうと嫌悪感がある。

テレビに出たがる人間は結構いる。外ロケがあると、たいていのギャラリーは愛に見惚《みと》れているのだが、中学生男子などは必死で『自分を映して』アピールをするのがそのいい

例だ。

しかしこの大家は、そうした『映りたがり』とはちょっと違う感じがする。それ以上になんともいやらしいというか。上手く表現できないのだが、と思いながら見ていると、愛が大家に名前や年齢を問うていた。

「お名前もよろしいですか？」

「はい。井村《いむら》です。井戸の井に村」

「おいくつですか？」

「四十二歳です」

「このアパートのオーナーでいらっしゃる？」

「はい。親から相続しました」

「井村さんもこちらにお住まいなんですよね」

「はい。一階の二部屋を一つに繋《つな》いで」

「ご家族は？」

「一人暮らしです。はは、なんか尋問みたいですね」

大家が——井村が居心地が悪そうな顔で頭を掻く。

「事件のことを聞くんじゃなかったんですか？」

取材内容はそれのはず、と言う井村に、愛は涼しい顔で、

「すみません、ウォーミングアップだと思ってください」

と返すに留め、次々質問を重ねていった。

「今、アパートには何人入居者がいらっしゃるんですか？」

「ええと、一階に三人、二階に五人で八人です。おかげさまで満室です」

「皆さん一人暮らしなんですよね」

「はい。１Ｋで広さは八畳程度です。定員一名ということで契約しています。ペットも不可です」

「学生さんが多い？」

「半々です。亡くなった武藤さんは社会人でした。入居は半年前で、ちょうど一部屋空いたので不動産広告を出したその日に不動産屋に連絡があったそうです」

質問が事件にいかないことに井村は焦《じ》れたらしい。問われるより前に話し出したが、愛はその会話を膨らませようとはしなかった。

「各部屋の契約は二年単位ですか？　住人の入れ替わりは多いほう？　それとも契約更新が多いですか？」

「……………二年単位です。このアパートは結構設備が古いので、更新しない人が多いです。

もう築三十年近いのでね、水回りとかはちょくちょく直してるんですが」

井村は今や不機嫌といっていい状態となっていた。一応質問には答えてくれているが、顔はむっとしており、腕組みまでし始めてしまった。

次の質問によってはもう、取材を拒否されかねないのでは。心配している僕の前で愛はようやく被害者について質問を始めた。

「亡くなった武藤さんですが、とても感じのいいかただったそうですね。朝の番組で井村さんが仰ってるのを拝見しました」

「ええ、本当に感じのいい人でしたよ。毎朝、私が掃除をしていると挨拶してくれましてね。とても人に恨みを買うようには見えませんでした。あれからニュース観てますけど、会社での評判もよかったそうですね」

生き生きと、それこそ水を得た魚のように話し始めた大家は、やはり『映りたがり』のようだ。人一人亡くなっているということが、ちゃんとわかっているのだろうか、と不快に思いはしたが、この人が犯人とはちょっと信じられなかった。

人を殺した人間が、テレビに映りたいと思うだろうか。発覚した場合、白々しくインタビューに答えている映像は繰り返し流されることになる。普通の神経をしていたら、それを想像しただけで何がなんでも避けよう、と思いそうなものである。

しかし僕は大切なことを忘れていた。人を殺した人間は既に『普通の神経』をしていないのだ。

だからといって、こうも積極的にテレビに映りたがるようになる、というのにも頷けない気はするが。

愛は一体、どんな思いで井村のインタビューをしているのか。きっぱりと犯人と言い切った、その根拠はどこにあるのか。しっかり見届けよう、と僕は愛を、そして彼にマイクを向けられる井村を凝視し、その話に耳を傾けた。

「犯行時刻については警察からお聞きになりました？」

「はい。深夜零時から二時の間とか」

「その間に、何か気になる物音を聞いたとか、気になる人間を見たとか、なんでもいいのですが気づいたことはありましたか？」

愛の問いに井村は「いえ」と即座に首を横に振った。

「いつも十二時前には寝てしまうので、私は何も……アパートの住人にもちょっと聞いてみたんですが、誰も何も聞いていないし見ていないってことでした。武藤さんの隣の部屋の人、可瀬《かせ》さんというんですが、彼はこの日、家には帰ってなかったというので何も話は聞けませんでした」

「住人のかたと、事件の話をされたんですね。何か気になる話題は出ましたか？」

愛が井村に問いながら、じっと彼の目を覗き込む。

「警察のかたにも話したんですが、ここ数日、武藤さんとあれは恋人なんでしょうかね。男女の言い争う声を聞いた人が多かったです。私も数日前、聞きましたよ。ちょうど夜中に目が覚めたときがあって。その声で目覚めたのかも。女性が――武藤さんが一方的に男性を責めてましたね。浮気を疑っている感じでした。男のほうはなんだか、相手にしていられないといった雰囲気で。なんでああなっちゃうんでしょうかね。男女のことはわかりませんね」

「ところで」

放っておいたらいつまでも喋り続けていそうな井村のお喋りを愛が遠慮なく遮《さえぎ》る。

「このアパートに、防犯カメラはついていないんですか？」

「……ええ。まあ。前は設置していたんですけど」

今まで気持ちよく喋っていたことを妨害されたのが気に入らなかったのか、はたまた他に理由があるのか、急に彼の口が重くなった。

「今は設置されてないのですね。撤去の理由はなんだったのでしょう？」

愛がすかさず問いかける。

「……以前の住人から……もう彼女はここに住んではいませんが、苦情が出たんです。盗撮されているみたいで気持ちが悪いと……」

「盗撮？　警備会社のカメラなんですよね？」

それを『盗撮』と言われたのだとしたら、さすがに気の毒だ、と思っていたというのに、愛の問いに対する井村の答えは予想外のものだった。

「いえ……私が設置したものです。アパートの私の部屋の前と、二階の階段を上がったところに。映像は録画を残していると言ったら、盗撮だ、と騒ぎ出して。こちらとしては住人の皆さんの安全のためにし始めたことだったのに、そう言われちゃやめざるを得なくなりました」

「警備会社に頼むという選択肢はなかったんですか？」

愛の問いに井村が顔を顰めた。

「希望があればしましたよ。ただそうすると、管理費を値上げせざるを得なくなると言ったら、一人として設置希望者は出ませんでした。もし、防犯カメラが設置してあれば、今回の事件の解決に役立ったかもしれない。いえ、確実に役立ったでしょうね」

残念です、と、井村は溜め息を漏らす。あたかも、防犯カメラに文句をつけた住人側に問題があると言いたげだな、と思った僕は、愛はそこを突っ込まないのかなと彼を見た。

「ありがとうございます。最後に武藤さんを殺した犯人について、井村さんのお考えをお聞かせいただけますか?」

当然突っ込むと思っていた彼はさらりとそこを流し、インタビューの締めに入ってしまった。井村を犯人と思っているのだとしたら、随分追及が甘いな、と思っている僕の前で、井村が考え考え喋り出す。

「どうでしょう。警察のかたが仰るには、鍵を壊された形跡もないし、現金や貴金属も手つかずだったと。となると物盗りの犯行というよりは、顔見知りの犯行……武藤さんに個人的な恨みがある人間の犯行じゃないかと思いますが、どうなんでしょうねえ。そもそも、武藤さんは人に恨みを買うようなタイプには見えませんでしたしねえ」

わかりません、と首を横に振る井村に、愛が問いを重ねる。

「喧嘩をしていた恋人についてはどう思います?」

これ、そのまま放映できる問いじゃないな、と僕は愛の真意を測りかね首を傾げた。誘導尋問よろしく、世間的に一番怪しいと思われる恋人、和文について話題を振るとは、どういう意図なのか。

「どうって……」

井村は戸惑った顔になった。さすがに彼もテレビカメラの回っているところでは、特定の人間を『怪しい』ということはできないようだ。まあ、顔出しもしているし、和文から恨みも買いたくないだろうことを思うと当然か。

そんなことは愛も承知だろうに、なぜか彼は井村に対し、和文についての問いを続けた。

「よく喧嘩をしていた、一方的に責めていた、となると、男性側に非があったのではないかと思うのですが、そのあたりのことを、井村さんはどう思われているのかと」

「いや、どうも思ってません。男性に実際、非があったかどうかも知りませんよ。武藤さんが疑っていただけかもしれない」

「武藤さんはなぜ、恋人の浮気を疑っていたんでしょう」

しつこく食い下がる愛に井村は少し苛立《いらだ》ってきたようだった。

「知りませんよ、そんなことは。フェイスブックがどうこうと言ってましたから、そこで証拠でも見つけたんじゃないですか？」

「フェイスブックですか。どういう証拠を？」

「だから知りませんよ。大声で喚《わめ》いていたから聞こえたってだけで、こっちは喧嘩に聞き耳を立ててたわけじゃないですし」

「それはそうですよね。ありがとうございます」

にっこり、と愛は微笑むと、なぜかここで唐突に追及の手を緩め、まとめに入った。

「ご協力ありがとうございました。このあとまた、お話をお伺いすることがあるかと思うのですが、よろしいでしょうか」

「ええ、勿論。ただ、たいしてお話できることはもうありませんけど……」

井村がどこかほっとしたような笑顔になり、頭を下げる。

「撤収で」

愛は杉下らに指示を出すと、再度井村に向かい「ありがとうございます」と頭を下げ、立ち去ろうとした。僕も慌ててあとに従う。

「あれで終わりでいいのか?」

アパートを離れてから愛に尋ねると、彼は僕を振り返り「今のところは」と笑ってみせた。

「このあとは?」

杉下がカメラを構え直す。

「住人の取材、するか?」

「そうだな。一軒ずつ、尋ねてみよう。その間に」

と愛の視線が僕へと移り、早口で指示をまくし立ててきた。

「大家に防犯カメラの件でクレームを言った前の住人の今の居場所を調べてくれ。なんなら斎藤警部補に聞くといい」

「えっ！　教えてくれるとは思えないけど……」

あの斎藤が、と振り返った先、本人と目が合ってしまい、じろりと睨まれ慌てて視線を前へと戻す。

「頑張れ。わかり次第、取材に行く」

僕は『できない』と言ったつもりだったのに、愛は冷たくそう言い放つと、杉下らを引連れアパートの二階へと向かっていってしまった。

仕方なく僕は斎藤のもとへと向かい、愛に言われたとおり、前の住人について調べてもらえないかとこわごわ持ちかけてみた。

「あいつは警察をなんだと思ってるんだ」

予想どおり、斎藤は激怒した——が、予想に反し、彼が僕に告げた言葉は、

「待ってろ」

だった。

狐《きつね》につままれたような気分で待つこと十五分、どこかに電話を入れていた斎藤が、その電話を切ったかと思うと、メモをとった手帳のページを破り、僕に差し出してきた。

「直近でアパートを解約したのはこの女性だ」

「あ、ありがとうございます」

うそ。

まさか教えてくれるとは、と驚きが声と顔に表れてしまったのだろう、斎藤の顔つきが一気に厳しくなる。

「なんだ、調べろと言うから調べたんだろうが。何か文句があるのか？」

「ありません！　ありがとうございます‼」

慌てて頭を下げ、両手でメモを受け取る。

「調べてやったんだから、こちらの要請も引き受けてもらう。取材には俺の部下も同行させろ。いいな？」

「えっ？　それは……っ」

愛に聞いてみないとわからない、と言おうとしたときにはもう、斎藤が、

「藤田《ふじた》！」

と若い部下を呼んでいた。

「これから愛キャスターの取材に同行しろ」

「え？　あ、はい。わかりました」

藤田という若者は、何度か現場で見かけたことがあった。刑事というより、若手サラリ

ーマンといった感じで、今時の若者らしく背が高く、頭が小さい。

「藤田です。よろしくお願いします」

　部下の教育が行き届いているのか、藤田はすぐさま斎藤に頷くと、僕に向かいきびきびした動作で頭を下げた。

「あ、あの、よろしくお願いします。竹之内です」

　僕も慌てて頭を下げ返す。年齢はきっと僕のほうが上だろうに、しっかりしている度は確実に藤田が上だった。

「竹之内さんってミステリー作家ですよね。受賞された作品、読みましたよ。面白かったです」

　その上藤田は、社交性も僕より上だった。にっこり笑ってそんな、社交辞令としか思えないことを突然言われ、僕はただただ驚き、彼を見てしまったのだった。

「何か？」

　笑うと白い歯が覗いて見える。この爽やかさ、少し愛に通じるところがあるな、と思うと同時に、社交辞令とはいえ礼を言うべきかとようやく思いつく。

「いえ、その、ありがとうございます。受賞とはいえないんですが、どうもその……」

　本当に読んでもらえていたのなら嬉しいです、ともごもご続ける僕に藤田が、

「選外佳作でも『受賞』だと思います」

と真面目な顔で言い、いきなり感想を述べ始める。

「あの名探偵のキャラクターがよかったです。才色兼備で皆から好かれるのに人間関係薄いっていう彼女のキャラ、好きです。あと、スキー場の描写がなんとなく郷愁《きょうしゅう》そそったんですが、あの話、もしかして竹之内さんの体験談を膨らませたんですか？　違うかな？　もしやあの名探偵にもモデルがいるんじゃないかと思ったんですが」

「ええっ？」

すらすらと告げられるその内容に、まさか本当に読んでいたとは、と驚くと同時に、さすがの洞察力、とそっちにも心底驚き、僕はまじまじと藤田を見つめてしまった。

「あ、すみません。お話しする機会があったら是非聞いてみたいと思っていたので」

藤田が照れた顔になり頭を掻く。

「いや、その……」

今、彼が言ったことはまさに大当たりで、受賞作は高校時代のスキー教室で僕が体験した話をモチーフにしていた。探偵役の才色兼備の女子高生のモデルは、実際その事件——といっても作品に書いたような殺人事件が起こったわけではなく、財布の盗難未遂だった——を解決した、愛だった。性別を変更したのだが、才色兼備なところや性格は結構似せてしまったのを、まさかこの藤田という若い刑事は見抜いているのか、と顔を見やったそのとき、背後から斎藤の怒声が響いてきた。

「藤田、何してる。早く行け」

「すみません、すぐに」

迫力ある怒声にビビったのは僕ばかりで、素直に返事をしつつも藤田はあまり斎藤を怖がっていないようである。そのあたりも『今時』っぽいのか、と思いながら僕は、

「それじゃあ、行きましょうか」

と先に立って歩き始めた彼に続き、ロケ車へと向かったのだった。


愛は藤田の同行を許し、僕らは前の入居者、田口美弥子《たぐちみやこ》の現住所へと向かった。運良く在宅していた彼女に愛が取材を申し入れる。

「え？　私？　なぜ？」

彼女は愛のファンだったということで、取材許可はすぐ下りたが、なんの取材かはわからない、と首を傾げた。

「以前住んでいらしたアパートの大家さんについて、お伺いしたいんです」

愛が、女性なら誰しもうっとりせずにはいられない笑みを浮かべ、問いかける。

「あー」

田口は一瞬、困ったなという顔になったが、愛が、顔出しはせず、音声も変えることができる、また、撮影をしないという選択もある、と説明すると、

「それじゃあ、顔出しNGで、音声変えてもらえますか？」

と彼女は答え、撮影が始まった。

「防犯カメラを反対されたそうですね」

「だって気持ち悪くないですか？　警備会社のカメラじゃなくて、大家さんの私物なんですよ」

「ご本人は、入居者に何かあっては困る、といった判断だったようですが」

愛の言葉に田口は「まあ、そうなんでしょうけど」と言いつつも、表情は不快そうである。

「何か気になることでも？」

田口は年齢は二十代半ばの、なかなかの美人だった。スタイルもよく、胸の大きさに自信があるのか、敢えてそれを強調したような服を着ている。

もしや大家に言い寄られたとか、そういうことでもあったのかな、と邪推していた僕は、続く彼女の言葉に、自分の思い違いを知らされることとなった。

「気になるっていうか、まあ、自意識過剰なんでしょうけど、大家さん、私の私生活を監視してる……は言い過ぎか。チェックしてるというか、なんかちょっと、キモかったんですよね。アパート前で会ったときとか、昨日は会社の飲み会だったんですか、とか、今日はご実家行かれるんですか？　とか。なんかそれが妙に当たってて、気持ち悪いなと思っていたところに、いつの間にかカメラを階段のところにつけてたから、つい怒鳴り込んじゃって。でも、普通住人に無許可でつけます？　大家さん、許可取ったって言ってたけど、私、絶対聞かれてないんですよ。外せと言ったら外してくれはしたんですけど、そのまま住み続ける気はしなくて、更新時期にもなっていたので引っ越しました……けど、そのことが何か？」

当時の怒りを思い出し、一気に喋っていた彼女が、ここで不意に我に返った顔になる。

「あのアパートで殺人事件が起こったんです。ご存じないですか？」

愛が相変わらずの笑顔で問いかけると、彼女は知らなかったらしく「ええっ」と驚いていた。

「ニュースで大家さんがインタビューに答えてましたが、ご覧にはなってませんか？」

「観てません。今日ですか？　朝はテレビつけなかったから……」

驚いていた彼女だが、

「もしかして、大家さんが怪しいんですか？」

と核心を突いた問いかけをしてきた。愛はそれには答えず、逆に新たな問いを発する。

「先ほどのお話ですが、会社の飲み会だったのか、とか、これからご実家に行くのか、ということは『防犯カメラ』で――『見た』だけでわかるようなことなのかと思ったのですが、いかがでしょう？」

「どうって？」

問いの意味がわからなかったようで――因みに僕もわからなかった――田口が愛に問い返す。

「深夜に酔っ払って帰宅した、とか、日曜日なのに九時前に家を普段着で出た、というようなことは、映像からわかったでしょうが、それがデートだったのか会社の飲み会だったのかはわからないのではないかと」

「ああ、そうですね。確かに。あのときはカメラを見つけたことで、頭に血が上っちゃったけど、見ただけでわからないようなことも言われてたかも……」

気味悪そうに、田口が眉を顰め、自身の身体《からだ》を抱き締めるような仕草をする。

「盗聴されていた、ということでしょうか」

撮影の様子を僕の横で見ていた藤田刑事が、ぼそ、と囁《ささや》いてくる。

「えっ」

思わず声を漏らしそうになり、慌てて口を掌《てのひら》で押さえながら僕は藤田を振り返った。

「もしや、今回の被害者もあの大家に盗聴されていて、それに気づいて騒いだために殺された、ということなのかも」

「…………」

そういうことか、と藤田に言われ、ようやく気づいた僕の前では、そろそろ取材が終わろうとしていた。

「ご協力ありがとうございました。放映時に使わせていただくことになりましたら、改めてご連絡申し上げます」

「わかりました……」

田口は呆然《ぼうぜん》としていたが、それでも最後に愛に握手とサインをねだることを忘れなかった。

「すみません、私もここで失礼します」

藤田は僕だけにそう言うと、足早に立ち去っていった。

「え?」

何を焦っているのか、と思いつつ、藤田が帰ったことを愛に伝える。

「なんだ、ちゃっかりしてるな」

苦笑する愛は、藤田が帰った理由に心当たりがあるようである。

「ちゃっかりって?」

どういう意味かと問うと愛は、なんだ、わからないのか、と少し呆れた顔になりつつも教えてくれた。

「被害者の部屋に盗聴器が残されていないか、探しに行ったんだろう。犯行時に既に大家が撤収していると思うけれどね」

「やっぱりあの大家に盗聴されていたことを気づかれ、騒いだから殺されたのか? 今回の被害者は」

確認を取った僕に愛が「おそらく」と頷く。

「どうしてわかる?」

「最初にテレビで大家が取材されていた、その内容は覚えているかい?」

愛に問われ僕は「なんとなくは」としか答えられなかった。

「『なんとなく』の中に、『被害者とは朝の挨拶くらいでしか会話はしていない』ということは含まれてるかな？」

　少々意地の悪い問いかけをしてきた愛に、

「そのくらいは覚えているよ」

　と頷く。

「その割に、引っ越してきた理由は、前の部屋の更新以外にもあったようだ、なんて言うから、あれ？　と思ったんだ。実際放映はされていないが、恋人と思われる男性が頻繁に訪れていたということも言っていたらしいし。それで、もしや、とピンときて、調べることにしたのさ」

「ピンときたって、大家が盗聴しているかもしれないってことにか？」

　それだけで？　と驚いていた僕に愛が「それよりも」と彼の気になったことを告げ、ますます僕を驚かせてくれる。

「半年前に、引っ越さねばならないような『トラブル』を被害者が抱えていた、ということを敢えて持ち出したのも気になったのさ。ミスリードを狙ったんじゃないかって。犯人がよく使う手だよ。自分以外に捜査の目を向けさせるために、被害者の情報を流すというのはね」

「なるほど……」

それで大家が怪しいと思ったのか、と頷いた僕に愛は頷き返し、言葉を続けた。

「実際現場に来てみると、防犯カメラもない。大家の部屋は一階、しかも彼は早寝だ。どうして恋人が頻繁に訪れていたことを知っているんだろう？　喧嘩の内容までも大家は知っていた。彼がフェイスブックの件を持ち出したとき、しめた、と思ったよ」

「何が？」

しめたなんだ？　と問いかけた僕の前で、愛が、やれやれ、と溜め息を漏らす。

「恋人の和文は、もと後輩のフェイスブックのことには僕たちと話している最中、初めて気づいたんだ。もし、武藤さんとの喧嘩のときにその件が出ていれば、今日、あれだけ驚いてみせたのはなんなんだ、ということになるだろう？」

「あ、そうか！」

ようやく僕が理解したことを、愛が解説してくれる。

「おそらく武藤さんは、後輩のフェイスブックのことを電話で友達にでも愚痴《ぐち》ったんだろう。大家はそれを盗聴し、知っていた。いわば真の喧嘩の理由を知っていたから、僕に問いつめられたとき、ポロッと漏らしてしまったんだ。当事者である和文が知らないとは思わずにね」

「そう……か」

本当に僕は理解が悪い。

ミステリーを書いている身として、これでいいんだろうか、と落ち込まずにはいられない。ああ、と溜め息を漏らしそうになっていた僕は愛に、

「行くぞ」

と声をかけられ、はっと我に返った。

「ど、どこに？」

それすらわからないというのもどうなんだ。更に落ち込んでいた僕の背を、愛がどやしつける。

「アパートに戻る。運良く盗聴器が残っていたら逮捕の瞬間を撮影できる。もし逮捕が明日以降になるなら、これから大家の取材をもう一度する。今、聞いた田口さんの話をぶつけてみよう」

「あ、ありがとう」

理解できていないことを見抜かれていることがわかる、懇切《こんせつ》丁寧な説明に、頭を下げた僕の、その頭を愛が叩く。

「落ち込むな。竹之内はこういうときに『考える』ことを放棄してるような気がするよ。あれだけ凝ったトリックを考えているというのに、日常生活ではまるで頭を働かせていな

い。日常と創作を切り離して考える必要はないんじゃないか？　日々、推理。ミステリー作家ならそのくらいでもいいと思うし、竹之内には充分、推理力があると思うよ」

「……愛……」

これはもしかして、慰めてくれている——のか？

あの愛が。こんなこと、今までにあっただろうか。明日は雨でも降るんじゃないか？

雨ならいいけど、雪だの雹《ひょう》だの降ったらどうすりゃいいんだ。

唖然《あぜん》としていた僕の頭を、またも愛がどやしつけてきたが、今度は先ほどのような手加減のない、『痛い』としか表現し得ない強さだった。

「いて」

「ほら、愚図愚図しない」

行くぞ、と愛がバンへと向かっていく。

「うん」

わかった、と頷く僕の胸はなんともいえない——強《し》いて言えば、温かい、としかいいようのない思いで満ちていた。

共に生活をし、共に仕事をするうちに、いつの間にか僕は、どうやっても愛にはかなわない、と思うようになっていたようだ。

愛が僕を事務所で働かないかと誘ってくれたのは、会社を辞めるか、執筆を辞めるか、という立場にいた僕に対し、同情をしてくれたからだと思っていたが、今の言葉を聞くと愛は愛なりに僕のことを認めてくれていたらしい。

素直に嬉しかった。この先、もっともっと、愛に認めてもらえるよう、頑張ろう。言われてみれば、僕は『考える』ことを放棄してしまっていたように思う。これからは日常生活でも常に、思考力を働かせるようにしよう。

せっかく、ニュースキャスターをしている愛のアシスタントという恵まれた立場にいるんだ。それを執筆に活《い》かせなくてどうする。

頑張るぞ。決意も新たに愛のあとに続き、バンに乗り込んだ僕を、愛はちらと見やったあと、それでいい、というように笑ってくれ、ますます僕の胸を温かな思いで満たしてくれたのだった。

『……ということで、アパートの管理人、井村一雄《かずお》逮捕の瞬間をお伝えしました。証拠となった盗聴器は、井村が設置したものではなく、盗聴器の存在に気づいた被害者の武藤さんが密《ひそ》かに自室に設置したもので、殺害の様子が録音されていました』

『井村は自分の盗聴器は持ち帰ったんですが、それとは別に、被害者の武藤さんが盗聴器を設置し、録音できるような設備を整えていた、ということですか？』

アシスタントのおじいちゃん、進藤《しんどう》が驚いた顔で愛に問いかける。

『はい。盗聴器のことを問い詰めるために、武藤さんは管理人と部屋で会う約束をしていました。そこでのやりとりを録音に残そうとしていたんです。盗聴器は食器棚の中に、そこから飛ばした録音はパソコンに保存されていました。殺害状況の一部始終が録音されていました。まさか井村も、彼女がそんなことをしていたとは予想してなかったんでしょう。彼女に盗聴器のことを責められ、カッとなって殺してしまった。罵詈雑言《ばりぞうごん》を浴びせられ、頭に血が上ったんでしょうね。そのあと、必死で後始末をしている音声も残っていました。まさに確たる証拠です。言い逃れは一つもできなかったようで、大人しく逮捕されたとのことです。逮捕の瞬間をこうして皆さんにお伝えできてよかったです』

『愛さんは朝のニュースで井村のインタビューを観て、怪しいと思ったとか。さすがですねえ』

進藤が感心した様子でそう言ってきたのは、僕を始めとした視聴者すべての気持ちではないかと思うのだが、愛は微笑み、称賛の言葉を流していた。言い足りなかったのか、進藤が更なる称賛を口にする。

『逮捕の瞬間を撮影できるというのも凄い。いやあ、愛さん、持ってますね』

それを聞いて愛は——苦笑した。

『持っちゃいませんよ。巡り合わせもあるでしょうが、こうしたスクープを撮ることができたのは番組のスタッフ、それに撮影スタッフ、事務所のスタッフと、ああ、それから臨機応変に対応してくださる警察の皆さんのおかげです。勿論、好き勝手やらせてくださっている番組のプロデューサーのおかげでもあります。今後もこうした皆さんの後ろ盾《だて》のもと、視聴者の皆様に伝えたいニュースをお送りしていきたいと思っています』

力強い口調で告げる愛の顔は、比喩《ひゆ》ではなくまさに輝いていた。

『それでは今週はこの辺で』

来週の予定を告げ、頭を下げる愛に向かい、画面越しに僕もまた頷いてみせる。

これから先、愛が満足いく番組作りができるよう、僕も頑張りたい。愛の期待に応《こた》えられるよう。いや、愛の期待以上の働きができるよう、頑張っていきたいと、そう思わずにはいられない。

『よい週末を』

全国の奥様を虜《とりこ》にせずにはいられない、華麗《かれい》な笑みをテレビカメラに向ける愛に向かい、気づいたときには僕は、すっと右手を差し伸べていた。

この決意、受け止めてほしい。そんな僕の思いは、画面の向こうに届くわけがないのだが、画面の中の愛は、なぜだか、わかっている、というように、僕に——否《いな》、カメラに向かい、力強く頷いたのだった。

※この作品はフィクションです。実在の人物・団体・事件などにはいっさい関係ありません。

集英社オレンジ文庫をお買い上げいただき、ありがとうございます。
ご意見・ご感想をお待ちしております。

● あて先
〒101-8050　東京都千代田区一ツ橋2-5-10
集英社オレンジ文庫編集部 気付
愁堂れな先生

キャスター探偵

金曜23時20分の男

集英社
オレンジ文庫

2017年2月22日　第1刷発行

著　者　愁堂れな
発行者　北畠輝幸
発行所　株式会社集英社
〒101-8050東京都千代田区一ツ橋2-5-10
電話【編集部】03-3230-6352
【読者係】03-3230-6080
【販売部】03-3230-6393（書店専用）
印刷所　凸版印刷株式会社

※定価はカバーに表示してあります

ISBN 978-4-08-680121-8 C0193